Orange
橘子洲

고맙습니다.

황 영미 黃英美

樱桃虾米

체리새우

〔韩〕黄英美 著
李孟莘 译

江苏凤凰文艺出版社
JIANGSU PHOENIX LITERATURE AND ART PUBLISHING

图书在版编目（CIP）数据

樱桃虾米 /（韩）黄英美著；李孟莘译．-- 南京：
江苏凤凰文艺出版社，2022.10（2024.11 重印）
ISBN 978-7-5594-7153-6
I. 1 樱 ... II. 1 黄 ... 2 李 ... III. 1 长篇小说 – 韩
国 – 现代 IV . 1 I312.645

中国国家版本馆 CIP 数据核字第 2024NR2424 号

江苏省版权局著作权合同登记号 :10-2022-362 号

樱桃虾米

（韩）黄英美著；李孟莘译

出　　品	橘子洲文化
责任编辑	白　涵
特约策划	王　婷
出版发行	江苏凤凰文艺出版社
	南京市中央路 165 号，邮编：210009
网　　址	http://www.jswenyi.com
印　　刷	三河市恒彩印务有限公司
开　　本	787mm × 1092mm 1/32
印　　张	7.5
字　　数	100 千字
版　　次	2022 年 10 月第 1 版
印　　次	2024 年 11 月第 3 次印刷
书　　号	ISBN 978-7-5594-7153-6
定　　价	49.00 元

江苏凤凰文艺版图书凡印刷、装订错误，可向出版社调换，联系电话 025-83280257

目录

Chapter 01

分班，呜啦啦

像往常一样，每到新学年开始我总会很担心，莫名生出一种不安感。为了分到一个好的班级，我几乎做遍了所有事情。你说祈祷？当然已经做过了。

“看见了吗？现在看见我了吗？怎么办！我该怎么办！”

我看着雅岚和炳熙两人，手忙脚乱地将食指都缠成了字母“X”的样子。不知道她们有没有听到我从头到脚传递出的身体语言。

可能是心虚或是其他什么原因，忽然，一股不安感席卷我的全身，心就像是坐在跳楼机上一样，“扑通”一下沉入了谷底。

像往常一样，每到新学年开始我总会很担心，莫名生出一种不安感。为了分到一个好的班级，我几乎做遍了所有事情。你说祈祷？当然已经做过了。

Chapter 01
分班，呜啦啦

我的血型是O型，性格是完完全全的Triple A型，你知道这种性格吗？就是那种非常敏感又容易受伤的类型，如果被分到“危险”班级的话我一定会死的。拜托，救救我吧。

我不知道正规的祈祷都是如何进行的，但还是抱着一颗虔诚的心在博客中发布了祈祷的帖子，希望老天能够听见我的祷告。学期结束的时候分班结果出来了，虽然米素和雪娥被分去了其他班级，但好在我、炳熙和雅岚被分到了同一个班级。当然，我更希望五个人能够在同一个班里，只可惜分班不能按个人意愿进行。不过幸运的是，我还是第一次和炳熙、雅岚分在了同一个班级里。

从上周开始，网络论坛中就陆陆续续出现了很多“分班祈祷”的帖子，其实几天前这个话题就已经被大家刷上了热搜。

现在你不妨也学学我，写一篇“分班，呜啦啦”的祈祷帖子。希望大家的分班愿望全都如愿以偿！

樱桃虾米

去年我使用的祈祷咒语是“巴啦啦”，今年换成了“呜啦啦”，这个帖子目前已经收到了200多个回帖。我给每一条回帖都点了赞，还小心谨慎、诚心实意地回复了每一个人。

└[1]分班，呜啦啦！希望如愿！

为了以防万一，昨天晚上我又添加了一条回帖。

└分班，巴啦啦！

能够和雅岚、炳熙分在同一个班，可是件值得庆幸的事情，所以我更要好好地祈祷一下。老天爷可不是这么好糊弄的，说不定会分给我们一个难缠的班主任，又或者把我讨厌的同学全都分到我们班来。稍有不慎，我这一整年可能都要“夹着尾巴”过活了。

“好！大家先和同桌打个招呼吧！”

---

① 此形式代表为博客帖子内容。

班主任说道。我的祈祷又生效了，分到了一位不错的班主任，他去年是二年级的语文老师，学生们都说他是一位好老师。

“你好！”同桌说道。

“……你好。”我回应道。

我无意间和同桌对视了一眼，这一眼竟让我心惊肉跳。

啊！卢恩裕！我的同桌竟然是卢恩裕！

炳熙和雅岚都忙着和自己的同桌打招呼，没人顾得上关心我。

班主任接下来所说的话，都嗡嗡地在我的耳边回荡，我只是依稀地听到“临时班长”“二年级班主任”这几个零星的词语，此时此刻我完全没法集中精力，只觉得头晕目眩，不断地思考着自己该如何在这个位置上度过接下来的日子。

这时，坐在我前面的男生忽然举起手来，是金时厚，他去年和雅岚在同一个班。

“老师！我们什么时候换座位啊？”

咦！这正是我想问的问题。

“嗯？你不喜欢我吗？”时厚的同桌大声问道。

“不是这样的，哎呀，我只是好奇而已！”

时厚看着自己的同桌露出了笑容，他的同桌也跟着笑了起来。

“老师！我们要一直按现在的座位坐吗，还是一个月会交换一次呢？”时厚又问道。

班主任推了推眼镜回答道：“啊，这个嘛，我也还在考虑，是一个月好一点还是一个学期好一点。”

这时，雅岚举手了。

“那周五的时候可以随便坐吗？我们想偶尔和喜欢的朋友坐在一起。”

就是说嘛，果然还是雅岚了解我的心意啊，这样加上炳熙我们三个人就能轮流坐同桌了。

我怀着一丝期待望向班主任。

“不行！”班主任的口气异常坚决。

怎么办！怎么熬过这一个月？要是再倒霉一点，那我这一个学期岂不是都要生不如死了！不过想想看，倒也不至于去死，如果和讨厌的孩子坐了同桌就要去死的话，这世界上还有多少学生能活下来呢？话虽如此，可是，啊！我真是要疯了。她可不是一个普普通通的讨厌鬼，她是卢恩裕啊，卢恩裕！

分班，呜啦啦

对我来说，朋友非常重要，和妈妈一样重要。雅岚、炳熙、米素、雪娥还有我，是一个整体，我们还建立了一个叫“五指团”的聊天群。小学五年级的时候，我一直被班级的同学孤立，小学六年级时也被孤立过一段时间，在这之后，才遇到了这些朋友，我实在无法想象没有她们的生活。

但是，在我们五指团评选出的“丑恶市民奖”名单中，第一名是黄孝贞，第二名就是卢恩裕，第三名没有固定的人选，从名单制定开始就随时在更换。

有非常多的学生都讨厌黄孝贞。你想知道为什么？因为她一看到老师就会摆出一副眉开眼笑的谄媚模样，还装作只和男孩子们亲密的样子，不是模范生却常常穿很长的裙子，而且为了刷存在感，她还总是很大声地讲话，也总是装可爱，用一个词来形容她，就是倒胃口！

但事实上不仅仅是对老师，黄孝贞对谁都是笑眯眯的。有些人原本就长着一副“笑眯眼”，她就是这样的长相。你说她装作只和男孩子们亲密这件事？我们这样猜测可是有正当理由的。大家总能看到她和男孩子们在一起，而且好像每个男孩子见到她时也都会冲着她傻笑，还会主动上前和她搭话。还有就是，校服发下来之后，她都是直接穿着，从不会裁剪校服的长短。当然，我觉得这件事情合情合理，所以对此我不做任何点评。虽然，时尚专家再三建议，像我这样腿短的女生更适合迷你短裙，但我并不喜欢这种风格。我觉得如果露出大腿的话，就会更加暴露出我腿短的缺点。而且，我认为她也不一定是为了刷存在感，毕竟她的声音本来就属于“粗犷”的类型。

所以，我得出了一个结论，黄孝贞并不是因为我刚刚所说的这些理由而得罪大家的，她讨人厌的真正理由另有玄机，那就是因为她长得很漂亮。

我并不是说长得漂亮就会成为“全民公敌”，长得漂亮又在朋友圈人气很高的也大有人在。但是像她这样大大咧咧的性格，如果不努力向大家证明“我不是故意装漂亮”的话，就很容易被“孤立”，不论是学生们私下里的“暗暗排斥”，还是所有人堂而皇之的“直接孤立”。

黄孝贞虽然看上去性格大大咧咧的，但是总表现得很谄媚，而这些全都逃不过我们鹰一般锐利的双眼。她非常清楚自己很漂亮这件事，愿意穿着校服长裙就是她自信的表现，因为无论如何她都会被凸显出来，这样不就更能增加她的随和感吗？所以，这些不过是她的小把戏罢了。

不管怎么说，黄孝贞都像是个从来不知道自卑是什么滋味的女孩，也从不会小心翼翼地看谁的眼色行事，所以我也讨厌她。这个讨人厌第一名没有被分到我们班可真是万幸。

这样说来，长得并不出众的卢恩裕又为什么会获得“讨人厌奖”的第二名呢？是因为她的英语发音太好了吗？虽然在看过卢恩裕参加的英语口语大赛之后，我会像其他同学一样发出这样的赞叹：“哇！卢恩裕，她的舌头也太灵活了吧！”但在学校里英语说得像卢恩裕一样好的还大有人在，那些孩子可不在“讨人厌”的名单里，而且他们的性格也不像卢恩裕那样“嚣张”。

我的朋友们说——

“课间休息的时候卢恩裕总是在睡觉，她这根本就是讨厌学校嘛，这种做法简直就是对学校的蔑视！”

“问她问题时也不马上回答我，她是觉得我的提问很好笑吗？”

“还有她吃米肠和鸡爪时的样子，我明明看到她表情中写满了不喜欢，但她居然还能装出一副吃得很香的样子。”

“你们闻到过她运动服上洗衣粉的味道吗？她洗衣服好像连衣物柔顺剂都不用的。”

反正我们有上百万种理由不喜欢卢恩裕，至于真正的理由我也不清楚。不过相比起黄孝贞，好像只有我们不喜欢卢恩裕。这样看来，好像真的没有其他孩子讨厌卢恩裕。那卢恩裕为什么会被讨厌呢？不过，这有什么重要的呢，总会有人不喜欢她的。总之，现在我和我的朋友们非常讨厌的人坐了同桌，我真是快要疯掉了。

一直到第6节课结束，我都没有和卢恩裕有过任何交谈。也可能是我脸上的不悦神色太过明显，卢恩裕也没有找我搭过一句话。每次课间休息的时候，时厚都会转过身来和卢恩裕聊天。他们俩去年也是同班同学，两个人像是早就已经认识了。可能因为他们的社交能力比较强，就连时厚的同桌也跟着他们一起“嬉皮笑脸”地开着玩笑。

课间休息的时候，我都会找雅岚和炳熙到走廊上去聊天。

终于熬到了放学，我们三个一起走出了校门。

“班主任是疯了吗？去年，学生们的班级可都是按自己的意愿挑选同桌的。”雅岚一边嚼着口香糖一边说道。

“我该怎么办！我感觉自己的脑袋像是被炮弹击中了。怎么办啊？我也不能转学。”我边说边观察着她们的脸色。

我们穿过人行横道走向了对面的文具店。

一股暖风袭来，最近昼夜温差有点大，所以我出门还是穿着羽绒服，这个时间点还是感觉稍微有一点热。

“没办法了，你就当是已经死了，坚持过这一个月吧。”炳熙无奈地说道。

可能是因为刚开学，文具店被孩子们围得水泄不通。

“如果不是一个月而是一整个学期，你打算怎么办？”雅岚看着我问，眼神中带着一丝凉意，此刻我心里着急，什么话都答不出来。

“就是啊，你肯定一天都不想和她坐在一起吧，真是要疯了。”

“是啊，该怎么办？”

“真是讨厌，怎么会发生这种事情？原本和卢恩裕同班就已经让我起鸡皮疙瘩了，多贤你居然和‘讨人厌奖’的第二名成了同桌！这简直也太倒霉了。”

我静静地听着雅岚和炳熙两人的对话。现在真正崩溃心碎的是我啊，是我！ 虽然我很想这样说，但还是忍住了。

“多贤啊！你就先看她的眼色坚持一周左右，然后再换一个同桌。我小学六年级的时候也是这样，我那时的同桌，哎呀，可是黄孝贞呢。我如果不是疯了怎么可能和那种人坐同桌？所以我就按自己的想法换了个同桌，班主任也假装不知道。”雅岚说道，听得我又心动起来。

“应该不行的吧？刚刚班主任不是说了，不让大家自己换座位的。这个‘配同桌’的环节真是令人头疼啊。”

炳熙的话浇灭了我最后一丝希望。班主任还说过这种话吗？也对啊，今天一整天我都在发呆，班主任说的话就像是收音机的声音一样在耳边嗡嗡作响。

我买了两本活页夹、十张塑料的文件封皮、两支固体胶、一卷透明胶带、一个修正带和三支签字笔。雅岚和炳熙一人拿着一支在手背上记事的记录笔和一些其他的学习用品。我瞬间有一些慌乱，最近很流行在手背上记事，她们不会因为我不这么做就说我什么吧？雅岚比较重视这种大家一起做的“琐碎小事”。但是我的手很爱出汗，字迹很容易就被擦掉了，这种记事笔也没法当签字笔用，所以我就放弃它了。

我们站在收银台前排队，有几个男孩子排在前方，从校服的宽松程度来看好像是几个新生。真是一群可爱的家伙，不知道他们之后要怎么熬过这艰难的中学生活。

走出文具店，我们向社区走去，平时和朋友们一起出去玩的时候，我们都会穿过附近的小区回家。小区门口停着一辆卖柴火烤鸡的卡车，街道上香气四溢，勾得人直流口水。就在这时，“喂！朋友们！”一阵熟悉的声音传来。我回头一看，是米素和雪娥两个人。我们五个就这样在街上偶然相遇了！大家高兴地在卡车前又蹦又跳。

“多贤小姐！我们都听到消息了，您该多伤心啊？”米素拍着我的肩膀略带诙谐地说道。她至今还沉浸在近期刚刚完结的古装剧之中。

“哎呀！朋友！你也别太难过了。我的同桌也是个彻彻底底的傻瓜，生活不就是这样吗？”

雪娥也开导着我，说话的语气像是已经在世上活了很久的老年人一样。听到大家的安慰，我的心情好了很多。

“咱们买只烤鸡带到我家里去边吃边玩？”炳熙问道，双眼带着期待一闪一闪的。

“我得去补习班了。”

“我也是。”

“那就下次再一起玩吧，其实我也得做补习班留的作业。”

面对朋友们的拒绝，炳熙倒很爽快地接受了。

“不过至少还能玩30分钟，我们去公园玩儿？”雅岚说道。

今天的天气很好，这个提议很棒，大家都毫不犹豫地同意了。五个人一起向公园走去，但是走着走着，我的肚子突然传来了信号，叽里咕噜的，我已经没法再忍耐，必须马上去卫生间。没办法一起去公园了，我只能和她们打过招呼之后，朝家里奔去。天空已经微微泛黄，也没办法去周围商铺借用厕所，再这样下去我怕是要在大马路上“犯错误”了。

我的屁股一直用力“抵抗”，走起路来像企鹅一样。每到开学季，我的身体都会犯这种毛病——过敏性肠道综合征。我为此去看过内科，也吃过中药调理，但都没有什么用处。我感觉肚子热辣辣地痛，全身的细胞也都飞速紧张起来。

就在一瞬间，我开始胡思乱想起来，我要不要拨打119？因为这种事情拨叫119的话算是浪费公共资源的行为吧？我说不定会因为妨害公务罪而被捕。复仇者联盟！快来帮帮我吧！啊，为什么我会拥有这种极容易受到压力影响的脆弱身体呢？

兔子磨坊就在眼前了，有救了！从那里转弯再走十步就到家了。

Chapter 02

孤立别人真是一件坏事

被排斥这件事情一直以来就像是标签一样跟随着我，这就是为什么我总是喜欢在脑子里暗暗地和自己较劲。

那些一起发送帖子的学生也会面临各种问题。但能够祈愿就不错了，可以安心一点，否则就会陷入更大的恐慌之中。

洗完澡后，我从冰箱里拿出炒饭放入微波炉。妈妈总会提前做好泡菜炒饭、蒜蓉炸鸡炒饭之类的，然后按照一人份的量装进保鲜盒内放入冰箱冷冻。这样方便我随时拿出来吃。

趁着炒饭在微波炉里加热的空隙，我用吹风机吹干了头发，那首歌也像"炒饭"一样在我的嘴里打转。

唱歌这件事很奇妙，当我唱到"我是孤独的人"时，忽然感觉孤独这件事情也没什么大不了的。这时，忽然有一种异样的感觉在我脑海中一闪而过。大概是我虽然被分到了不错的班级，却在同桌分配环节"失败"了的原因吧。

有可能是因为我用错了祈祷方式，才导致了这种不尽人意的结果的吧。原本只需要写"分班，呜啦啦"就可以了，我却又画蛇添足地加上了"巴啦啦"。都是因为我使用了去年的咒语才导致祈祷结果变差的。

就在我胡思乱想的时候，蒜蓉炸鸡炒饭已经热好了，我拿出热气腾腾的炒饭，在上面挤好番茄酱。我拉肚子果然是因为过敏性肠道综合征，如果是肠炎引起的腹泻，是不会这么快就觉得饿的。对了！这样想来我中午都没吃午饭呢。

由于学校食堂在进行改造，我们这个学期都要在教室内吃午饭，而且不能随意换座位。这都是因为去年有学生在食堂内干了一架。学校就这件事情成立了暴力委员会，纸媒《网络青少年》也报道了这件事。

雅岚和炳熙都是在自己座位上吃的午饭。我实在是不想在卢恩裕旁边吃午饭，无奈之下只好一个人去了操场，所以只能饿肚子了。

在放入勺子之前，我还给炒饭拍了照片，上传到了“五指团”的聊天群里。

——为了转换心情分享美食照片，妈妈做的蒜蓉炸鸡炒饭。不是为了刺激大家而上传的哦。哈哈哈，在分班环节踩到“炸弹”的雪娥也加油吧，我们再忍耐一个月就可以了。下午 4:12

我边刷手机边吃饭，打开了播放列表原本是想听《浪漫猫》的，但是另一首歌却映入了眼帘，这是一首声乐歌曲《如果春天来临》，这首歌非常适合由男中音来演唱，我按下了播放按钮。

每当听到声乐的时候，我的内心都感到十分踏实。可是如果别人知道我喜欢这种类型的音乐，一定会嘲笑我。不是专业学习古典音乐的孩子却喜欢这种音乐，就很容易被其他孩子取外号。

“认真虫”是相当于“书生气”的意思，就是说你要是假装清醒、自认清廉、故作清高、装出一副了不起的样子时，就会被人称为“书生气”。

我经常被人叫书呆子，最近虽然我比较克制但也还是读了不少书，所以我也承认了这个外号。所以现在的学生们，一般都不怎么喜欢写博客。从朋友们的角度来看，我的喜好非常老派，思想也充满了书生气，自然也少有人能够理解我。正因为如此，我除了在博客上诉说心事，也找不到其他的办法。

当然除了我，其实还有其他孩子在写着博客。有些是美妆主题的博客，有些是游戏主题的博客，有位初三年级的学生运营的历史主题博客也非常有名。这些博客由于是针对特定主题制作的，内容非常实用，所以人气都很高。我的博客和他们的不一样，樱桃虾米的主题是我——金多贤。

Chapter 02
孤立别人真是一件坏事

在我博客的封面上有这样一篇文章：

我第一次见到樱桃虾米是在外婆家，在那满是水草的鱼缸里，有一只和我的指甲一般大小的鲜红色小虾。它游泳的样子非常漂亮，像是在水中飞舞。那是一种看似娇小而又异常坚强的生命体，就像我一样。嘿嘿。

我不知道如果其他孩子看到樱桃虾米博客会有什么样的反应，所以我将它设置为非公开的状态，但有时候我也会产生逆反的心理。不论是装作清醒，还是装作清纯，这个标准到底是谁规定的呢？我最为不满的就是大家给别人贴上“书生气”“认真虫”这样的标签。喜欢声乐有什么不对吗？喜欢 K-POP（韩国流行音乐）就是爱国者，喜欢韩国声乐却成了认真虫？……想这样大声地喊出来，就这样在学校的广播室里对着麦克风说出来。然而如果是这样的话，我就会马上被整个学校孤立起来。啊！我真想像这样吐槽每一件事，也想对每件事情都提出质疑。

我第一次被人叫“认真虫”是小学五年级的时候，当时我使用的手机彩铃是《那家门口》，“路过那家的门前，思念涌上我的心头，我偷偷地站在这里，呆呆地张望着……”歌曲大概播放到这里我就接起了电话。你这个认真虫！像他这样当着我的面光明正大地说出来的学生，我认为还是不错的。

那时候我有几个玩得还不错的朋友，确切地说也不是几个，应该说有时候是三个人，有时候是五个人，这样更准确一点。但不知道从什么时候开始，朋友们之间的氛围变得奇怪起来。比如说，总会产生像这样的对话：

A：你的夹克是黄色的呀，很少有韩国人适合黄颜色呢，你这么穿真是太漂亮了。

B：你的穿着都很干练啊，这种风格和你简直就是绝配。

D：我超级羡慕C有一双大长腿，光是长得高有什么用？身材比例才是最重要的。

她们就这样相互夸赞着，只有我被晾在了一边，而且我感觉那句“光是长得高有什么用”应该就是说我的，因为我就是个子高但是腿很短。

那天是去校外学习体验的日子，班主任没有做什么特殊的安排，学生们也就随意地在大巴上找位置坐下。不过首先登上大巴的 A 和 B 坐在了一起，C 和 D 隔着通道并排而坐。她们后面的位置上坐着其他的学生，我不得不走到车厢的最后一排坐下。因为我觉得自己和 A、B、C、D 很熟，所以也没有想过要和其他同学坐在一起。坐在大巴上，我整个人都感到局促不安。

到了博物馆之后，除我以外，她们四个一直都聚在一起，我也没法一直和关系一般的同学们待在一起。

大家三五成群地聚在一起，只有我一个人稀里糊涂地跟在后面，文化解说员的讲解我一句都没听进去。当时我就在想，自己是不是被孤立了？是她们在暗暗地排斥我吗？不过直接孤立也好，暗暗排斥也罢，这又有什么分别呢？不过都是“排挤”罢了。

因为没有人和我说话，所以我的脑子里一直在胡思乱想。我是不是该报复她们？我是不是就该这样在先祖的遗物前变成木乃伊躺在展馆里。在遥远的未来，A、B、C、D 看到变成了木乃伊的我应该会感到后悔吧。即使她们看不到也没关系，只希望我们的后代在看到我的时候能够意识到“嗯，孤立别人真是一件坏事”就足够了。

当然，以上都是我的想象罢了，我并没有那么大的胆量去实施自己的想法。

回到家里我依然睡不着觉，整个周末都在认真思考这段时间出现的种种情况。九月份是A的生日，我们每个人都给A发去了生日祝福，但就在半个月之后，却没有一个人记得我的生日。建校纪念日的时候，她们几个也一起出去玩了，而我是后来才知道这件事的，我不知道为什么没有一个人发消息联系我。难道是因为她们几个都住在同一个公寓小区，而我住在廉价的住宅楼里吗？还是因为那天我的手机没电了？

下一周的周一我去学校的时候，看到她们四个人坐在班级的后排，我打开教室门的时候，她们只是静静地看了我一眼，然后就继续着刚才的谈话。我鼓起勇气走到了她们面前。

“大家是不是在排斥我啊？”我直截了当地问道。

四个人的神色都显露出一丝惊慌。

“喂！什么暗暗排斥！”

“说什么呢，我们为什么要暗暗排斥你？”

Chapter 02

孤立别人真是一件坏事

“多贤啊！快过来坐，我们正在聊《草莓公主去纽约》，你知道《草莓公主去纽约》吗？它是一部穿越主题的网络漫画，讲的是一位朝鲜时代的公主穿越到纽约的故事。”

我想象过各种可能会有的结果，但她们如此热情的回答却让我想哭，也许真是自己想多了。我把包包放在座位上，坐在了她们的旁边。因为没有看过网络漫画，所以我只是静静地看着她们聊天，但即使如此，我也像是刚刚从地狱里逃出来一般激动。

一直到中午，她们都还在讨论着草莓公主，没有看过网络漫画的我，也找不到插嘴的机会。但 D 似乎想到了什么，她瞥了我一眼然后转头对其他孩子说道：“你们看多贤，长得像不像安妮卡？”

“真的很像！没错，没错。”

“完全一样。”

“这位网络漫画家大概是看着多贤创造出安妮卡这个角色的吧。”

她们一边说一边咯咯地笑了起来，这是什么？这种奇怪的氛围到底是怎么回事？

回家之后，我马上通读了《草莓公主去纽约》这部漫画，也终于知道了安妮卡是个怎样的人物了。她是一位生活在纽约小巷里的白人女子，她是个对刚穿越到纽约还不知所措的草莓公主进行欺诈勒索的恶棍。她这个人是个十分没有眼色、只听古典音乐、无视他人、不了解他人还总喜欢教育别人的傻瓜。这样的安妮卡，真的和我一样吗？

第二天我没有去学校，此后又缺了一周的课，因为我生病了。去社区的儿科看完病，整个人又发烧又呕吐，妈妈为此不知有多担心。

回到学校之后，我就没有再去找过她们，这短短的几天就像是经过了一百万年一样。就在这时，有一个孩子走向了我，她就是权雪娥。后来雪娥对我说了那四个人在背后说我的坏话，我的脑袋就像是被闪电击中了一样。她们说我身上展现出的态度和姿态，是只有聪明漂亮的孩子才该有的，像我这样成绩一般、长得又不漂亮的人，摆出那副态度来不是很可笑吗？我不知道她们到底是哪里来的自信，才会说出这种毫无理由的推论，真是倒人胃口。

短暂的打击过后我反而接受了她们的说法。没错！我确实有这样的一面，认可！百分之百地认可！那时候的我非常厉害，虽然实力不怎么样，但只要上课我都踊跃举手发言，到了去读书角读书的日子我都会兴奋得吵吵嚷嚷。虽然我没有敲诈勒索过谁，但我就是和安妮卡很像。

但她们说我妈妈的那些坏话我却无法忍受，她们说，像她这样一个开小小乌冬面店的土气大妈，居然还配喜欢古典音乐。

这是什么话，我很想去找她们理论。虽然我承认自己可能是个倒人胃口的孩子，但我妈妈穿着土气是因为没有时间去买新衣服，而且为什么穿着土气的大妈就不能喜欢古典音乐？来店里吃乌冬面的客人也很喜欢古典音乐啊。

但是我终究没能说出来，因为那些孩子根本不会给我说话的机会。

饭吃到一半的时候，电话铃声忽然响起。

“雅岚啊，这个时间打来怎么回事？”我高兴地喊道。

这会儿应该快到她补习班的上课时间了。

“怎么办？多贤啊！我有件事情得拜托你了。”

电话那头传来急切的声音。

“什么情况？发生什么事情了？”

“我快要疯了，你能去我家帮我把英语教材拿来吗？我刚刚没有回家，所以没有带补习班的教材，第一节课马上就要开始了，啊！你现在就算是飞过来，第一节课开始之前也到不了吧？那就只帮我拿听力教材吧，可以吗？”

“好的，好的，我去帮你拿。但是我不知道是哪本书。”

“就在我书桌上有一本紫色的听力教材，你去了就能看见。我会和奶奶说你要过去。”

挂断电话之后我马上穿起外套，心里十分着急。原本想着吃完以后收拾一下的，但是怕时间来不及就先搁下了。我慌里慌张地跑下楼梯，从兔子磨坊前拐弯再走5分钟，就能看到雅岚家开的超市。

我刚走进超市，雅岚的奶奶就把教材递给了我。

“快走吧！”

她斩钉截铁地命令道。虽然只停留了一小会儿，但我还是和奶奶打了声招呼，紧接着又飞奔了起来。雅岚的补习班坐公交车需要三站路。

坐上公交车后我才发现，我洗完澡之后只涂了乳液。啊！雀斑！我顿时羞愧得脸上火辣辣的。

孤立别人真是一件坏事

我的眼睛下方到脸颊的位置密密麻麻地长满了雀斑，所以我出门时一定要涂 BB 霜。虽然学生部长已经威胁过我们，如果化妆去学校的话就会被扣分，但还是有大部分的学生会涂 BB 霜。我偶尔也会化眼妆和唇妆，但不论怎样一定会涂 BB 霜。我刚刚被雅岚的催促弄得精神有点恍惚，忘了这档子事，真应该戴个口罩出来的。

下了公交车，我一直低着头走进补习班的大楼，生怕遇到认识的学生，心里“扑通扑通”直跳。如果被人问起来这里干什么该怎么办？我不想说我是着急跑来给雅岚送书的。

我给雅岚发了信息：

——我到了！去哪找你？下午 4:55

雅岚很快回复了我：

——我在上课呢！把书交给前台吧。谢谢。下午 4:55

——没事的，反正我也正想出门呢。下午 4:56

我乘坐电梯到了楼上，真是万幸，走廊里一个人都没有，不知道是不是因为在上课。

我走到前台对工作人员说道：“那个，我是宋雅岚的同学，她让我把书放在这里。”

我用细微的声音说道，身上都渗出了汗珠。

“放在那儿就行了。”

一位身着西装的干练女性，非常职业化地回答道。打开补习班的大门走出来的瞬间，我感觉到后脑勺一阵刺痛。我好像听到了她嘲笑我的声音。

哎呀！瞧瞧她，来给朋友跑腿呢，真丢脸啊，真丢脸！

我现在真想找个地方躲起来，我要是有瞬间飘移的能力该多好啊，现在的我只想快点回到家里。

回到家之后，我把剩下的饭全都吃了，用微波炉重新加热之后仍然非常好吃。我还吃了妈妈煮的土豆，可吃完这些我还是觉得饿。所以我又煮了一袋泡面吃，我在汤里加了很多青阳辣椒和辣椒粉。我边吃边呼呼地吹着，实在是太辣了，辣得我的脑袋像着火了似的。虽然头脑没法冷静下来，但我还是连汤都喝完了，一滴不剩。

可我的心情仍旧非常不好，雅岚的奶奶为什么要这样对我？至少应该对我说声“谢谢”吧？怎么可以直接对我说“快走”呢！我是个跑腿的吗？我看起来就那么让人瞧不起吗？

我的心里忽然揪了一下，也不能这样想吧，怎么能说是跑腿呢，我只是帮助了有困难的朋友，这可不算跑腿。对，这是做好事，是善意的举动。拜托，就这样马马虎虎地“蒙混”过去吧！

在经历过五年级那次被孤立的事件之后，我又遇到过几次这样暗暗被排斥的情况。被排斥这件事情一直以来就像是标签一样跟随着我，这就是为什么我总是喜欢在脑子里暗暗地和自己较劲。

我很想及时地说出自己的想法，也想要向大家炫耀自己做得不错的事情，我不太明白，人为什么要表现得那么谦虚？这难道不是虚伪的表现吗？

但是在那以后我还是收起了我的性格，不论做什么事情都保持低调，不让自己凸显出来，即便是遇到了自己想要追究的事情，每次话到嘴边也都会被我咽回肚子里。在学校的时候我也只听一些流行歌曲。

能够在中学又一次遇见权雪娥，对我来说是件幸运的事情，她将我带进了和她一起玩耍的小圈子里。雅岚、炳熙、米素都是只看重长相的人，但是和雪娥同班的我还是欣然接受了加入的邀请。

对于我来说，我们五个人在一起，每一天都像是庆典一样，没有人再像那样随便地对待我。虽然我也有忽然想要追根究底或是想要炫耀的时候，每当这种时候我都会控制住自己的内心。上学的时候我都会把灵魂留在家里，我不想再失去这么珍贵的朋友了。

但是决定做乖宝宝之后也出现了很多其他的问题，因为这样的表现会让一些人觉得我这个人很好欺负。

晚上妈妈下班以后，我要不要和她说说去补习班的事情？雅岚的奶奶可能就是因为我没有上补习班才瞧不起我的。大人们觉得孩子们不上补习班成绩就会下降，或者是因为家里太穷根本上不起补习班。我没办法说服大人们消除这些根植在脑海中的误解，也不愿意被别人瞧不起。如果我要求去上的话，妈妈一定会举双手赞成的。

其实之前妈妈也让我去上过补习班，但比起学校我更害怕去补习班。我实在没办法接受上补习班这种按照成绩分班的做法，虽然这种做法可以帮助大家提高成绩，可我的成绩却因为上了补习班而下降了。

对我来说，朋友比成绩更为重要。如果我去上补习班的话，雅岚要是再遇上像今天这样的情况的话，我就一点忙都帮不上了！

Chapter 03

“好呀，一起去吧。”

现在会说“谢谢”“对不起”这种话的孩子并不像大家想象中的那么多，就算是很多应该要说的时候，那些孩子也是呆呆地站着不说话。

这一天就像是过去的一百年，课间休息的时候我就趴在桌子上，简直像是在蹲监狱一样。跟雅岚和炳熙一起玩的时间也是有限的，课间休息的时间很短，学生们都已经和自己的同桌熟络起来了。

每天中午都是最痛苦的时光，吃饭都没了胃口。

我会偶尔和坐在前面的海江搭一两句话。

“多贤啊！你不喜欢吃牛肉饼吗？你要是不吃的话能不能给我？”

我会不喜欢吃牛肉饼？这怎么可能？我是为了省下来留到最后再吃的。但是他说话的样子可怜得快要哭了似的，我也只好把还没吃的牛肉饼全都给了他，他大声地说道：“哦耶！谢谢你！”

我最喜欢海江这一点，现在会说“谢谢”“对不起”这种话的学生并不像大家想象中的那么多，就算是很多应该要说的时候，那些孩子也是呆呆地站着不说话。但是雅岚和炳熙不喜欢海江。

“海江简直是个傻瓜。”

“没错，说起话来瓮声瓮气的特别奇怪，学习也不怎么好。”

我很难配合着附和她们的对话，讨厌卢恩裕这件事我做起来已经很吃力了，现在又要加上一个海江，这让我怎么办？！

白色情人节热闹极了，米素收到了她喜欢的男生送来的糖果。那天，雅岚、炳熙、米素、雪娥，还有我，大家为了庆祝都聚在了一起。朋友们连补习班都没去。

“米素真好啊，太令人羡慕了。”炳熙一边盘着头发一边一遍又一遍地说道。

“哦吼，现在才刚刚开始呢。”米素兴奋地说道。

她是那种能够大大方方地向大家展示自己性格的人，雪娥也是，我不清楚雅岚的事情。雅岚虽然是那种非常自我的人，却很少说起自己的事情，相反她总在说别人的事。炳熙属于不怎么自我的人，所以她几乎不会说自己的事，但她总会认真听取朋友们的意见，我也是这样。我什么时候才能和朋友们谈谈我单恋的男生呢？你知道郑玹雨吧？其实我，有点喜欢那家伙。

不管怎么说，我还是很开心，我们从炒年糕店到练歌房“吃喝玩乐”一条龙，一直到晚上才分开。在这些忧郁的日子里，这一天简直就像是庆典一样。

语文课上，班主任布置了一个课题。学校和社区里的联欢工作“东郊同乐”，我们这些学校的学生也要参与其中，并且决定由初二年级来制作社区报纸。听到“社区报纸”这个词我感到非常高兴，因为我一直想成为一名记者。小学六年级的时候我还尝试自己制作过社区报纸。

“这种课题个人能够完成吗？当然是小组课题了。”班主任说道，而且他连分组方式也已经规定好了。我和卢恩裕还有坐在前面的金时厚、李海江被分为了一组。

“因为课题结果会计入你们的阶段性评价中，所以我希望大家可以认真对待。对了！到时候还会评出奖项。如果我们班能够拿到一个优秀奖，那就再好不过了，对吧？但是小组课题总是会有一些人，自己玩玩闹闹什么事也不做，想要‘免费蹭车’，我是不会对这种事情坐视不管的。”

“那就请您将眼睛闭起来吧！”

海江这种并不怎么好笑的玩笑话惹得学生们哄堂大笑，就连班主任也被逗得哭笑不得。我却心烦意乱一点也笑不出来。课间休息的时间一到，时厚就立马转过头来。

“我们放学之后马上集合讨论吧，今天是学生家长大会所以会提前放学。”时厚满脸悲壮地说道。

对于梦想着考上全国区私立中学的时厚来说，阶段性评价非常重要。如果能够获奖的话，那么它就能够在时厚的履历中添上“浓墨重彩”的一笔。

“天啊，太好了！我们去哪里集合呢？”海江说道。

海江他到底有什么好兴奋的呢？真是的。

“要是没有集合地点的话，那就去我家里？”卢恩裕说完又偷偷地看了我一眼。她为什么要看我？时厚和海江都表示赞同，这时上课铃声响了，我就找了个借口先敷衍过去了。

“绝对不能和卢恩裕说话”这是我们五指团之间不成文的约定。但我现在和她分到了一个课题小组。怎么办？如果要制作这次的社区报纸，就必须先获得我那些朋友的许可才行。

课间休息的时候，我把雅岚和炳熙叫到了走廊里。

“去干什么？不要去。”

雅岚跳了起来。

“这是课题作业，怎么能不去？”

“你别去就行了。要是他们之后说你什么，你就说你去牙科看牙了。”炳熙也附和道。

“你是说让我说谎吗？”

“就是随便找个借口而已。”

“金时厚也太搞笑了吧？只不过是阶段性评价，你们组就要搞得这么兴师动众，真是令人无语。我们组打算所有问题都用聊天群解决，每个人负责撰写好自己的部分，然后上传不就可以了嘛。就为了这么一个阶段性评价，他搞得也太夸张了一点吧。反正只要和卢恩裕牵扯在一起的人都会变得很奇怪。”

雅岚激动地说了起来。因为她说的这些话，我根本想都不敢再想小组作业了。

Chapter 03
“好呀，一起去吧。”

“我今天去不了，我得去牙科。”

直到我走进教室，脑海里也只能想到这个理由。天哪，能够咬核桃的我居然要去看牙科。时厚的目光直射在我的身上，难道他看出来我撒谎了吗？

“喂！我也要做补习班的作业呢，你就不能晚点再去牙科吗？”

时厚略带遗憾地反问道。就在这个时候——

“怎么了？多贤她不是预约了牙科嘛。”

雅岚在那边喊了起来。呃啊！雅岚为什么要站出来啊？真是要命啊。

课后会一结束我就匆匆忙忙地离开了教室，因为我刚刚话已经说出口了，所以我现在“要去牙科看牙”。我感觉到自己的后脑勺被盯得发烫，但我一次都没敢回头看。

走过一个街区，经过居民中心的大楼。一群男孩正放下自己的书包，在迎春花盛开的公园里打起了篮球。屋顶上平时都没有什么人，但是如果天气再暖和一点儿的话，社区里的爷爷奶奶们就会去那里打牌。

我飞快地穿过了人行横道，跑过了种满流苏树的林荫路，

樱桃虾米

又绕过了开着便利店的小巷，直到眼前“出现”了牙科。呼！这时我才感到双腿发软，心也安定了下来。

我忽然感到很羞愧，真的要这么做吗？我躲卢恩裕躲到什么时候呢？我可从没想过要在小组作业里“免费蹭车”，就连麻雀眼泪那么大点的想法都没有。

我步履蹒跚地走到了牙科诊所所在的商业街，其实我很喜欢这里的商业结构。这座建筑的一楼有巨大玻璃窗装饰的咖啡屋、面包店、花店和药店。只要走进附近的商铺，那股混合着蒜香面包、花香和烘焙咖啡的香气就会扑面而来，空气中都散发着温馨的气息。偶尔来买面包的时候，我会专门在这附近逛一逛。这时我的脑海中忽然冒出了一个好主意。啊！我把这个写进社区报纸里不就好了，社区商圈“探店”，就这么干。

我在六年级制作社区报纸的时候也写过《探寻社区美食店》的报道。报道内容就是采访了学校周边的打糕店和面食店，然后对菜品的味道进行了分析。这种报道撰写起来其实并不难，因为比起味道本身，我更加注重在不同的场所中留下的珍贵回忆。

Chapter 03
“好呀，一起去吧。”

我想着既然到了这里，就先去趟卫生间吧。幸好牙科诊所所在的二楼卫生间是对外开放的。

我在卫生间里又想了想，我还要在这里停留多长时间呢。说谎真的很难，而按照谎言生活则更难。

我慢慢地洗了洗手，然后照了照镜子，其实我挺喜欢自己的长相的，就算是有雀斑、腿有点短我也不在乎。当然这种话我是没办法对着大家说出来的。

在烘干器上吹干手后，我打开包包拿出梳子、吸油纸和唇彩。用梳子梳理好头发，拿吸油纸将脸上“爆发”出的油统统吸掉，再涂上杏色的唇彩。

事已至此了！现在我该去哪呢？

无处可去的我走下楼梯，想想家里的面包好像都吃完了。推开面包店的大门，面包的香气扑面而来，一瞬间感觉自己要晕过去了。有红豆面包、芝士百吉饼、蛋黄酱面包，想买的面包实在是太多了，但口袋里的钱只够买一个面包。怎么办？是买普通面包还是买芝士百吉饼？就在这时，“喂！金多贤！”传来一声愉快的喊声。我回头一看竟然是海江，他的旁边是卢恩裕和金时厚。这是什么情况？我就像是偷东西被发现了，浑身一阵酥麻。

“这么快就看完牙医了吗？”

时厚问道，他似乎对于看牙这件事没有丝毫怀疑。我的大脑飞快地转了起来。

“嗯，今天去看牙科的患者太多我就出来了，看样子一时半会儿看不完。不过你们怎么在这里？”我强自镇定，声音出乎意料地平静。

“我们买几个面包带过去，恩裕家就在这前面的 OLIVE 公寓。”

“太好了，那我们一起去吧。”海江和时厚说道。

“好呀，一起去吧。”

卢恩裕说道，这是她第一次和我搭话。

我心中的某一个门锁忽然被打开了，没错，我很想去参加聚会。我本来就很讨厌用说谎来避免一些尴尬，这种行为让我感到很羞愧，我到底为什么要做出这么卑鄙的事情？而且我特别想吃好吃的面包，不过我该怎么和五指团的朋友们解释呢？就和她们说我实在是没办法了吧。

“哇！提早下课真好啊。我们讨论结束以后去网吧玩吧？海江啊！我们一起去吧。”时厚说道。

什么网吧？不是说要做补习班的作业吗？我还以为他是那种一心只学习的孩子呢，真没想到。

我们四个人从面包店出来，走在开满迎春花的路上。走过一个街区就到了 OLIVE 公寓。

“我可没钱去网吧。”

“我有钱，今天我请客。”

“哦！太棒了！那我可要感谢你了。啊！提早放学真是开心啊。要不我们向学校提议多召开几次家长会吧。”

“好啊，那你去不就行了！你快点去学校提建议吧。”

“还是你来吧，你来给山姆校长打电话吧，打电话！”

时厚一边咯咯地笑着，一边夹着海江的头将他“提”了起来。虽然这种情况看起来并不怎么好笑，但他们两个看着对方笑作了一团。我也无语地笑了出来，我和卢恩裕对视了一眼，她也在笑。

“说起给学校提建议这件事我忽然想起来，去年我们班有一个叫健熙的孩子。”海江说道。

“李健熙？和那个财阀会长同名？”

“嗯，不过他叫朴健熙！”

“我们班还有个孩子叫妍儿呢，对吧，恩裕？”

“但她不叫金妍儿，而是朴妍儿。”卢恩裕始终面带笑容地回答道。

我不由自主地看着她，一不小心又和她对视了，只好迅速移开自己的目光，假装在看她身后的迎春花。

听着大家有一搭没一搭的傻话，不知不觉几个人已经走到了 OLIVE 公寓。这里是只有我们社区内的有钱人才能住得起的高级公寓，这里种着春天会开出白色花朵的樱花，园区内有游泳池，还有阅览室。

卢恩裕家住在七楼，我们走过堆满了鞋子的玄关。

我活这么大第一次见到这么宽敞的房子。海江也一直喊着“天啊！天啊！”地在屋内参观着。不过她家和我们在电视中看到的那种房子截然不同。宽敞的客厅中几乎什么都没有，摆在中间的布艺沙发也很破旧，客厅的窗边只摆着一台空调和一辆室内自行车，房间里甚至连一盆香龙血树类的盆栽都没有。不过值得一提的是，在客厅的书架之间摆放着一座古色古香的钟表。

墙上挂着卢恩裕幼儿园毕业时拍摄的纪念全家福，照片里年轻的父母和年幼的女儿笑得非常灿烂，看起来特别幸福。

“我家里是不是有点乱？”她迟疑地问道。

“你家里没有其他人吗？大人们都不在家？”海江说道。

“我爸爸晚上才回来，做清洁的阿姨一周会来三次，今天不是清扫的日子。”

她缓缓回道。

海江接着问：“那你妈妈呢？妈妈上班去了吗？”

听到这句话卢恩裕忽然沉默了，只是眼睛向下看着。啊！就是这个问题。有时候问她什么问题，她会回答得很慢或者不接话。这就是我的朋友们不喜欢她的原因之一，就像是现在这种情况。

“喂！我们先吃完再说吧，我的肚子现在非常渴望面包。”

时厚乱叫着打断了对话。我们坐在客厅的沙发上，很快就将面包一扫而空。海江连袋子里珍贵的面包碎屑都吃掉了。

“你们想吃炒年糕吗？”卢恩裕问道。

“好啊！”

“有炒年糕吗？”

“马上就给大家做。”

几个人喜出望外，没想到她还会做炒年糕。

她走到厨房，从冰箱里拿出了年糕。

“马上就能做好，只要把年糕放进平底锅中，再把酱汁放进去煮就可以了。”

她动作娴熟，没多久就做好了，味道也很不错。

我们以光速“消灭”掉了一整盘。

吃饱喝足后，大家一边吃着草莓一边聊着天。情况总是这样，通常说是聚在一起讨论课题，但大部分的时间其实都在闲聊，关于小组课题的内容大概只占全部对话的百分之十吧。刚开始讨论的时候，就属嚷嚷着马上聚集的时厚最吵了。

不过到了最后，就剩下我一个人在说了，类似晚上睡觉我一定会踢被子之类的事。我不知道自己为什么会这样说个没完，可能是因为害怕大家发现我去牙科的谎言，又或是不想别人看出我因为卢恩裕在场而别扭的样子。总之，那些不经大脑思考的胡言乱语，不断地从我的嘴里涌出来。我在任何一个场合都没有这么爱说话。

不过，这也有他们的原因。

“我不是挺出名的嘛，因为留着短发。”

我说完这句话，时厚立马就回应了。

“是啊，你的短发很出名呢，我在另一个班的时候也听说过。”

真的吗？我是开玩笑说的，我真的很有名吗？这还是第一次听说。

“当时有一个和我关系很好的男生，但后来发现他不太对劲。一开始是那个孩子先接近我的，但是当我开始和他亲近以后，他又对我冷淡了起来，大概是欲擒故纵吧。我因为生气就去把头发剪短了。不过当我把头发剪短了以后，他就又假装对我亲近了起来。对啊，哪怕是剪了短发我还是有点漂亮的。”

呃啊，我说的这些根本就不是“话”是“屎”，是“屎”啊！但对于我说的这些疯话，卢恩裕、时厚还有海江居然在点头，这个时候不是应该发出嘘声才对吗？这到底是什么情况？他们的表情也很严肃，难道是真的觉得我漂亮而认同我的话吗？

今天的聚会一直是这种状态。我一个人口若悬河，海江和卢恩裕认真地充当我的听众，时厚可能是因为吃饱了有点困，偶尔打着哈欠，但一次都没有打断我的“演讲”。最终，小组课题的首次聚会以我的个人秀收尾。这就是我夸张地吹牛皮和胡言乱语的大盛宴。我说得酣畅淋漓，就像是堆积十年的“积食”终于消化掉了一样。

Chapter 04

那颗叫“有点奇怪”的种子

只要有一个人说“她是不是有点奇怪”，然后当这粒“种子”播种下去之后，其他的朋友就会跟着说“当然奇怪了，简直太奇怪了”，从这以后，这粒种子就会生根发芽长成大树。那个被大家贴上“有点奇怪”标签的孩子，就会变成一个巨大的怪物般的存在。

樱桃虾米

我和时厚与海江在 OLIVE 公寓门口分开。我走到公交车站准备搭车，不一会儿公交车就到了，但是车上挤满了刚刚放学的学生。由于人太多，我决定放弃乘坐公交车，打算从这里走到妈妈店里，也就大概三站路的距离。

我独自走在街上，道路两边密密麻麻的尽是商铺。在没有雾霾的深夜，街道上弥漫着春天的气息。街道旁的槐树上长出了绿色的嫩芽，穿着我们学校校服的学生们，从我的身边闪过进入了旁边的便利店，卖五花肉的店铺大开着门在打扫卫生。经过美容院，我顺着宠物医院走进了胡同。

这条路即使是闭着眼睛我也能画出它的地图。房屋中介所的旁边是一间邮局，邮局旁有一间服装店和一间金银店。

每到周四，教堂和托儿所所在的小巷前就会出现卖米肠的卡车在那里招揽客人。我就是在这个胡同里出生和长大的。我的感官有百分之八十都是在这个胡同中培养起来的。所以我很清楚卖五花肉的店铺两年前是一家土豆汤店，宠物医院那里以前是卖烧烤炸鸡的地方。

从刚刚开始，卢恩裕的身影就一直出现在我的脑海中，特别是她的眼神。因为时厚去补习班的时间到了，所以我们就一起告辞了。卢恩裕也跟着我们一起出来，她一直站在电梯外挥手，直到电梯门彻底关闭。我透过眼镜看到了她脸上略微失落的神情，虽然大家放弃去网吧选择在她家里多玩了一会儿，但是她似乎还是希望我们能再留一会儿。

不知怎么的，回想起她的眼神我就会感到一股莫名的心酸，之后就觉得心乱如麻。我不明白朋友们为什么会讨厌她，讨厌她的真正理由又到底是什么。

走着走着不知不觉就来到了地铁站。绕过三号出口的手机卖场，再次进入一个小巷，店里的小招牌立刻映入眼帘——"简易车站乌冬"，我推开门走了进去。

"嗯？怎么没有提前联系我？"正在剥葱的妈妈高兴地

斥了，那就让他们排斥好了。不能成为你的朋友是别人的损失。只要你环顾四周，就会发现很多朋友的。而与其和那些会孤立朋友、排挤他人的孩子相处，还不如自己一个人来得自在。”

说得容易，妈妈总是这样说。我之所以会成为一个自命不凡的“大魔王”，很大程度上是受到了她的影响。

这时一位叔叔推门走了进来。这期间播放的歌曲发生了变化，《霍夫曼船歌》悄然响起。妈妈和我惯性地从椅子上站了起来，我拿着水和杯子去点单的时候，妈妈已经用压面机压好了面条。

有客人来的时候我就不能和妈妈这样轻轻松松地聊天了。我原本想要抓住机会的，但那位独自来的客人走了以后，又来了四名高中生。店里实在是太忙了，想要对妈妈说的话都没来得及说。

晚上店里打工的阿姨来了，妈妈就催促我回家做作业，我吃了一碗乌冬面就离开了，想要和妈妈深入讨论的事情也只能暂时搁置了。

夜幕降临，街道上的每一家店铺都亮起了灯光。一路上经过了药店、服装店、冰激凌店、眼镜店……虽然看到了公交车站，我却并不想停下来。即便跟妈妈说了要回家，但心里丝毫不想回去。只要不是去小巷子里，这个时间段走在大街上都算是安全的。该去哪里呢？不，是去谁那里呢？

一个需要解决的问题一直埋在我心里，在和妈妈聊天还有招待客人的时候，心里也一直想着这件事。我该怎么向朋友们解释这件事呢？如果被她们知道我去了卢恩裕家的话，她们一定会晕过去的。我内心的忧虑逐渐加深了。

最简单的方式，就是将这件事的来龙去脉全都写下来，然后发到聊天群里。但本能的直觉告诉我，这件事情不该发到群里去。

我实在没有自信能够像平时聊天一样，轻轻松松地写出来。如果到了最后没有人回复我该怎么办？我实在没有勇气承受这份“沉寂”。

这种事情我还是应该当面跟大家谈谈的，不过应该怎么说呢？就说有话要说，想要大家一起聚一聚？就像是随便叫朋友聚会一样不算是什么大事吧？还有，不论是召集大家一起谈，还是单独和每个朋友谈，最重要的是说什么。就算我说是因为要做小组课题，也不会动摇她们的想法的，特别是雅岚。

事实上，第一个讨厌卢恩裕的就是雅岚。人与人之间本来就是这样，只要有一个人说“她是不是有点奇怪”，然后当这粒“种子”播种下去之后，其他的朋友就会跟着说“当然奇怪了，简直太奇怪了”，从这以后，这粒种子就会生根发芽长成大树。那个被大家贴上“有点奇怪”标签的孩子，就会变成一个巨大的怪物般的存在。

我也隐隐约约感到，卢恩裕似乎不是一个令人讨厌到头皮发麻的女孩。但是我也没法立刻就说出“卢恩裕是一个不错的孩子”这样的话。因为我并不知道初一年级的时候，她和雅岚之间到底发生了什么事。

我想得头都快炸了。原本以为和妈妈聊聊这件事请，能够找到一点解决问题的方法。但今天还是像往常一样，店里忙得根本没有什么时间和她聊天。要不，我给妈妈发个短信呢？这个想法也不太现实。因为问题实在是太复杂了，一两句话也说不清楚。

唉，不管了，随便吧。

我走进了化妆品店，这是无论何时都可以随意进出的地方。脑子很乱的时候购物是最好的选择，我刚刚还从妈妈那里收到了零花钱。

店里顾客不少，有很多是高中生。我试用了各种各样的眼影和口红，然后挑选了价值两千韩元的粉色唇彩。

突然，我的脑中灵光一现，闪出了一个好主意。我又挑选了一支橙色的唇釉，雪娥那魅力十足的黝黑皮肤和橙色很搭。该去见见雪娥了，永远站在我这边的权雪娥。

她是朋友中让我觉得最舒服的一个，从来不会嘲笑我说的话，也是她把我介绍给其他朋友的，在一些琐碎的问题上，雪娥总是会站在我这边。

从化妆品店出来以后我就加快了脚步，在变成绿灯的人行横道上飞奔。按照平时的时间，她应该已经在补习班返家的校车上了。

我气喘吁吁地跑到了雪娥家公寓的门口，还有一点时间。如果堵车的话就还要再等10分钟，天气到了晚上还是有一点冷。我一边在原地蹦蹦跳跳地暖和着身体，一边望着车开来的方向。汽车排着长队开入了小区内，学院的校车停在了入口处。

我一眼就认出远远开过来的、雪娥补习班的那辆大巴车。果然，不一会儿，她就从黄色的校车上下来了。

“雪娥啊！”我边跑过去边叫着。

“啊！这是怎么回事？”雪娥看到我有些吃惊，开心地笑着。

她给妈妈打了电话，说自己要先和朋友聊一会儿再回家。我们便一起去了公寓商铺中的炒年糕店。虽然我刚刚才吃了乌冬面，但是一闻到炒年糕的味道，瞬间觉得肚子又饿了。

“哇！这颜色真漂亮啊，我正好想要买支唇釉呢。你是为了送我这个才来我家等我的吗？”

雪娥接过唇釉大叫了起来，迫不及待从包里拿出镜子将唇釉涂在了嘴上。

“怎么样？适合我吗？”她满脸喜色，对着镜子左瞧右瞧。

“太漂亮了，你真的好适合橙色。简直可以去拍《春日女孩》的画报了。”

我东拉西扯地把雪娥逗得哈哈大笑。她好像很喜欢自己涂了唇釉的嘴，一直在照镜子，不时地张张嘴、鼓一鼓腮帮子，像艺人一样转过脸来微笑。我觉得她的样子太可爱了，忍不住笑了起来。这时我们点的炒年糕也端上桌了。

店主阿姨放下盘子说道：“你们是今天最后一桌客人了，所以给你们盛了很多。”

盘里的炒年糕比平时多了1.5倍，这样看来店家是准备打烊了。

“太好吃了。”雪娥吃了一块炒年糕兴奋地说道。

也对，她一直到现在都没吃饭，一定很饿了。今天的炒年糕比平时辣很多，我们被辣得嘴里呼哧呼哧地吹着气，不停地拿起杯子大口大口喝着水。雪娥一直在说好吃好吃，店主阿姨很开心，又把卖剩下的油炸红薯也拿给了我们。雪娥将这些炸红薯都泡进炒年糕汤里，汤变得黏黏糊糊的。她应该肚子已经吃饱了，只是嘴巴还在流口水。

看她心情很好，我觉得时机差不多了，迟疑地开口道：“我今天去了卢恩裕的家。”

我就这样若无其事地说了出来，也许是因为此刻的气氛很好，说完这句话，之前焦虑的情绪也仿佛消失了。雪娥的眼睛瞪得圆圆的，惊讶地看着我。

“为什么？”

“因为要做小组课题实在是没办法。雅岚和炳熙让我别去，所以我原本不想去的，结果在面包店里被他们发现了。”

雪娥将叉子含在嘴里停留了两秒钟后开口道：“原来如此，那也是没办法。不过雅岚她应该会很不喜欢吧，你和雅岚、炳熙说过了吗？”

“还没有，其实你是我告诉的第一个人，我还是有点害怕。”

我的声音不由自主地颤抖了起来。妈妈说过，越是复杂的问题，越是应该选择直面它。现在这种状况下，如果我察言观色选择逃避的话，事情就会变得更糟。

“这有什么好害怕的？怕我们把你吃掉吗？”雪娥说道。但她说这句话的用词非常微妙，为什么不是“雅岚和炳熙”而是用了“我们”呢？

“你就和大家直说吧，我来帮你。不行！现在就发到聊天群里吧，我们用聊天软件互相对话。”

雪娥回答得十分痛快，我这才渐渐安下心来。

Chapter 05

讨人厌指数

那些关系好的孩子们聚集在一起以后，其他剩下的孩子就像是浮在水面的油一样。

托雪娥的福，这件事顺利地过去了，她在聊天群里帮我说了不少话。大概的重点就是：这只不过是一次小组课题，就算是一起完成这次的小组课题，多贤也不会和卢恩裕变得亲近。

其实我很想借此机会说出我想要参加这次课题的理由。我热爱我们的社区，即便是长大后会离开这里，我也会一直想念这里。所以我真的很想做好这次的社区报纸，既然做了就希望能够得奖。当然，我并没有机会说出这些话。取而代之的是，雅岚一直在询问卢恩裕家的情况，所以我们的聊天内容主要说了这些：

Chapter 05
讨人厌指数

——就是有点乱七八糟的。房间很宽敞，但并不像电视剧里的房子那么好看。她的房间就像是被炮弹击中过一样，比我的房间邋遢多了。虽然我也不太会整理，但她可完全是“重量级”的。她的校服没有挂在衣架上，而是随意搭在椅子上，书本散落了一地，桌子上还残留着许多橡皮的碎屑。下午 9:50

朋友们也不间断地发来了反馈。

——橡皮擦碎屑，这不是最基本该清理掉的东西吗？下午 9:51

——真的是两副面孔啊。在学校的时候装得像个模范生似的。下午 9:51

——就算是模范生也会很邋遢吧？哈哈。下午 9:52

——不过，谁知道卢恩裕在家里活得像个乞丐一样呢！如果我的房间乱成那个样子的话，爸爸妈妈会一直唠叨到第五节课的。下午 9:53

——她家里确实没有人。下午 9:53

——她妈妈是做什么的？下午 9:54

——……下午 9:54

——？？？ 下午 9:54

——有谁认识？！ 下午 9:55

——我也不知道。下午 9:56

——我对她爸爸比较了解。下午 9:57

——很了解她爸爸吧。下午 9:58

——非常有名，哈哈哈哈。下午 9:58

是什么意思呢，这段对话？我从未听说过关于卢恩裕爸爸的事情，真想装作没有眼色地去问一问。

第二天，全国发布了雾霾预警，出门时妈妈专门为我准备了口罩。

“怎么装了两个？”

“你放学的时候不是也要戴嘛，我看预报说今天一整天雾霾都会很严重。上学时戴着去，到了学校以后就扔掉。”

开满了迎春花的篱笆墙伫立在上学的路上，有很多孩子都戴着口罩。今天的第五节课是体育课，这种情况应该会在教室里上吧。我正这样边走边想时，忽然有人拍打了一下我的后背，我转头看过去发现是时厚。

“轻点，疼死了。”我喊道。

“就这点劲至于嘛。”他调皮地说道。

我们两个相谈甚欢，时厚似乎并不介意我昨天在聚会上疯疯癫癫吵吵闹闹的行为。真是万幸。

“我真的很喜欢咱们的课题小组，你知道我一年级做小组课题的时候是什么感觉吗？”他大声地说着。

我当时就在想，他这样说话该把雾霾都吸进喉咙里了。我从口袋里拿出口罩递给他。

“不用了，这都到学校了。”

“已经走到学校里了吗？还有一段路呢，快戴上。”

说这话的时候，我感觉自己像是他的姐姐。时厚听了我的话，也乖乖地接过了口罩。

“那时候，除了我，其他成员之间关系都很好。他们不管不顾的，根本不在乎课题什么的，但是这个嘛，让我忽然就觉得自己像是个傻子，只有我一个人认真地准备了很多。但是每次我提出意见的时候，他们都会跳出来反驳我。”

“为什么？”

“我也不懂！难道我会毁掉小组课题吗？因为这样那样，反正全凭他们几个做决定。所以我也就都同意了，不过这次的团队不是这样。”

“怎么了？不是什么样？”

“我说！每次做课题的时候总是这样。我说什么都不是自愿的，最后我就放弃了。反正不论我说什么都不会被采纳，即便是说出来也只是显得吵闹而已。所以后来我都是直接按照他们的意思去做的。”

“哎呀！”

“所以每当要做小组课题的时候，我首先就会感到害怕。那些关系好的孩子们聚集在一起以后，其他剩下的孩子就像是浮在水面的油一样。但我们这次的小组简直就是梦幻小组，大家都很会说话，也很听话，性格也很好……全部都是好孩子。就连了不起的卢恩裕也在我们小组。”

时厚的声音实在是太大了，可能是因为戴了口罩，他说话的声音更大了。

“对了！海江他也很可爱。你还不知道吧？据说海江为了喂养社区里的流浪猫，每天都会准备煮熟的鳀鱼。”

时厚的声音自始至终都很轻快，一大早到底是什么让他如此兴奋呢？不过他刚刚那句话是什么意思？他说卢恩裕很厉害？

“我昨天制订了一些计划，咱们什么时候再聚呢？去教室以后，大家一起讨论一下吧。”

直到走进校门，时厚的嘴都没有停下过。就在那时，在摘口罩的时候我的后脑勺感受到了一股视线。

是玹雨，郑玹雨。

他从什么时候开始注意到我们的呢？他该不会误会我和时厚的关系吧？虽然我也知道这些担心都是多余的，但还是感到脑子里一片空白。

去年第二学期放学后，我在论述教室里见到了郑玹雨。但我对他并不是一见钟情，他是逐渐走入我的内心的。不知道是洗发水还是什么，他的身上总是散发着一股好闻的味道。我们之间一直没有发生过什么，只是我一厢情愿地在暗恋他。每次看到郑玹雨，都感觉他又长高了一些，每当在操场上看到他打篮球的样子，我都会心动一整天。

但他是人气男生。如果我说自己喜欢他的话，说不定会产生这种反应：多贤你这种人也有资格喜欢郑玹雨吗？就这样没理由的！

第三节课的时候，我忽然感觉肚子怪怪的，休息时去了一趟卫生间，太倒霉了，我居然到生理期了。更可怕的是，我没有带卫生巾。作为权宜之计，我只能先将卫生纸厚厚地卷起来代替。今天是量少的第一天，运气好的话我说不定能够用这个来支撑……不行！我一定得想想对策。

我不想去保健室，那会很没面子。因为有传闻说保健老师给了女生一个卫生巾之后，就用机关枪似的“rap”把她给轰了出来。大家说，卫生巾也不是保健老师出钱买的，她的做法有点太不通情理了。

回到教室之后，我去找了雅岚和炳熙，和她们窃窃私语道：“你俩带卫生巾了吗？”

她们两个都摇了摇头。但就在那一瞬间，我发现雅岚看我的视线中，闪过了一丝瞧不起。

雅岚是那种将好恶都写在脸上的人。如果是一般般喜欢，就会表现得不耐烦；如果很喜欢的话，就会非常、极其、特别地喜欢；如果不喜欢就会超级厌烦。如果不是因为我是她的朋友，她一定会翻一个大大的白眼给我。当然，没有备好卫生巾也的确是我的疏忽，但是谁都会犯错的吧。

我只能无奈地回到座位趴在桌子上。第四节课时，我一直惴惴不安，到了午饭时间，连饭也不想吃。因为如果挪动身体的话，可能会流出血来，变得很难堪。

“你不吃饭吗？”

轮到我们组了，但我动也没动一下，所以时厚问道。

“嗯，没胃口。”

“是吗？”

他们三个偷偷地看了我一眼后向前走去。过了一会儿，真正的“折磨”开始了。

我趴在桌子上，一股鸡排的香气扑面而来，我的肚子也跟着咕噜咕噜叫了起来。我忍不住抬起头来看了一眼，真的是鸡排。不如我现在拿着餐盘出去打饭吧？可是，如果走动的时候血流出来该怎么办？就在我苦恼时，负责分配餐食的值日生，已经拿着餐盘回到了自己的座位上。

我拍了拍时厚的后背，他转过头来看着我。

“鸡排好吃吗？”

“嗯，相当好吃。”

时厚说完之后又继续“沉浸”在自己的午饭之中。

“你要尝尝吗？”

卢恩裕将一块鸡排递到了我的嘴边，烦闷的我根本无暇思考，猛地张开嘴巴，甜辣的肉汁瞬间溢满了口腔，只要吃到鸡排我就死而无憾了。

“你为什么不吃午饭啊？在减肥吗？”卢恩裕问道。

而我的目光则一直停留在她的餐盘上，杂粮饭、红蛤海带汤、酱炖鹌鹑蛋、丰盛的鸡排，就连泡菜都是我喜欢的鲜辣白菜。

“减什么肥啊，我哪有肉要减。”

我已经饿得什么话都懒得说了，说完之后自己都觉得好笑。

“那是怎么了？哪里不舒服吗？”卢恩裕又问道。

求求你别再问了，就是因为你这么没有眼色，我的朋友们才会讨厌你的。我急得连这句话都快脱口而出了。

“是胃不舒服吗？”

“不是！不是的！”

我没缘由地发起脾气来。这时海江翻了翻书包，拿出了一双木筷子，然后转身递给了我。

“这个是我为了吃泡面准备的备用筷子，一起吃吧，今天的鸡排很好吃。”

我假装推脱不掉接下了筷子，海江和时厚把餐盘端到了我们这边。桌子很窄，大家把餐盘竖着摆成了三排。我平均地吃了卢恩裕、海江和时厚每个人盘子里的饭菜。因为是“抢”别人的饭吃，所以我努力不吃太多，但事实上我吃得最多。

午休时间教室里实在是太吵了。在这种雾霾爆发的天气也还是有学生去操场上踢球，但大部分人还是选择在教室里打闹。时厚和海江去了走廊里，我又重新趴在了桌子上。

这时，卢恩裕忽然在我耳边轻声说道：“你是生理期到了吗？”

啊！真是的，卢恩裕你！你的眼色简直是停留在脚掌上。

但出乎意料的是，我竟然抬起头来问道：“嗯，你有卫生巾吗？”

“我有。”

她从书包里拿出了化妆包。因为帮助到了我，所以她的脸上露出了欣慰的表情。

由于补习班有讲座，因此雅岚和炳熙早早就离开了。这周轮到我做值日，打扫完卫生走出教室的时候，校园里已经看不到其他的学生了，但我在走廊里看到了雪娥。于是，我们两个人一起往外走。

“我今天心情特别好。”雪娥说。

她今天涂了我送给她的唇釉之后，有很多人都夸赞她漂亮。听到她这么说，我郁闷了一天的心情也总算跟着好了起来。

我们离开学校坐上了公交车。雪娥决定在补习班课程开始之前，先在学院附近逛一会儿。我们到了补习班附近，看到马路对面停满了黄色的补习学院校车。

“对了！我听说卢恩裕也不上补习班？难道是因为我们附近的补习班太差才不去的吗？”雪娥问道。

我们两个坐在“杯饭店”靠窗的位置上，雪娥在这栋建筑的六楼上英语补习班。窗外的街道因为雾霾而变得灰蒙蒙的，有很多戴着口罩的学生从这里走过。

雪娥点了蛋黄酱金枪鱼饭，我点了火鸡炒饭。因为中午没吃到多少鸡排，所以现在又想吃鸡肉了。这顿是我请的客，我还剩很多零用钱，所以想要请她吃。

“咱们附近的补习班不好吗？”我不是很明白。

“和江南的补习班比起来应该不怎么样吧。”

“什么意思？”

“你不知道吗？”雪娥瞪大了眼睛问道。

Chapter 05
讨人厌指数

“卢恩裕不就是从江南[2]转学过来的嘛，去年年初的时候。”

我知道她是转校生，也知道她是从江南转学过来的。但她现在在市民中学，是我们学校的学生。卢恩裕到底什么时候才能摆脱掉贴在她身上的“江南转学生”的标签呢？时厚早上所说的“了不起的卢恩裕”也是因为她是江南转来的学生吗？

“因为是从江南转学来的，所以她才那么自以为是吗？”为了迎合雪娥的想法我只好这样附和道，而且我也想知道雅岚和卢恩裕之间关系这么差的原因。

“当然，也有从江南转来的这个原因，她的爸爸不是很有名嘛。”

“是吗？她的爸爸是艺人吗？”

“不，是律师！偶尔也会受邀参加一些节目，你不知道吗？”

这时，我才明白了朋友们说“卢恩裕的爸爸很有名”这

---

② 江南区是韩国首都首尔的一个行政区，位于汉江以南。该区是首尔的重要商业地带。

句话的真正含义。

“但为什么会说她了不起呢？就因为她爸爸是有名的律师吗？”

“谁说的？了不起个鬼！伪善者，这种双重人格者有什么了不起！”雪娥嚼着口香糖说道。

这句话让我有点吃惊，根本不像雪娥的语气。最讨厌卢恩裕的应该是雅岚，我还以为雪娥只是迎合她而已。

“雅岚和卢恩裕之间发生过什么吗？她俩去年不是同一个班吗？”我问道。

从雪娥嘴里说出这种话来，这让我更想知道原因了。

雪娥不知道从哪里了解到了事情的真相。“这样说吧。一年级时，也就是卢恩裕刚转来的时候，雅岚对她非常好。但是她因为自己的成绩好，而且家里还很富有，就瞧不起雅岚。”

“啊！真的吗？”

这里该不会是有什么误会吧？卢恩裕好像没有那么自以为是，但如果我这样说的话，就又会听到“没有眼色，书生气”的评价了。毕竟有些人之间能够合得来，有些人则合不来。

吃完饭后，我又点了两杯饮料，“杯饭店”里持续播放着 Brit-Pop 音乐。

“而且他们家也有点奇怪。”

“什么？”

“大家都因为不能搬去江南而感到沮丧。但她们家明明那么有钱，却又为什么要从江南搬来我们社区呢？你不觉得奇怪吗？”

我不理解，大家都因为无法搬去江南而感到沮丧？我可不是这样。

这时雪娥打开手机看了看时间，上课的时间快到了。

“雅岚说，卢恩裕的爸爸好像是为了参选议员才搬到我们社区来的，希望在下次选举的时候得到我们地区的公推，他们搬来这里的目的根本就不单纯，不是吗？”雪娥直勾勾地看着我说道。

议员、公推这些难以理解的词汇，我一下子没法消化，不知道该怎么回答。就在我感到不知所措的时候，雪娥拿着包从椅子上站了起来。

“时间到了，杯饭很好吃。”她说完转头就往外走。

分开后，我坐公交车去了百货商场。

商场的五楼聚集了很多平价品牌的化妆品和生活用品，

我在那里几乎花完了所有的零花钱。洁面刷、青春痘贴、口腔清洁剂、迷你小扫帚、卷发器、耳机、零钱包、吸油纸、卫生巾等。收据长长、长长的。

除了卫生巾，其他的都是要送给朋友们的。我喜欢给她们送一些零碎的小礼物。除了有点挑剔的雅岚，其他人都比较喜欢我送的礼物。因为我不用去补习班，所以除了买零食和化妆品，我也没有太多需要零用钱的地方。这样一来，我就能够时不时给朋友们买些礼物。她们过生日的时候，我想过送贵一点的礼物，但被妈妈制止了。她说朋友之间送太贵重的礼物会让对方觉得有负担，贵重的礼物不一定是最好的。

我拎着购物袋走出了百货商店，原本心情应该很好才是，但现在心里却感到淡淡的苦涩。那不像是雪娥的语气，我脑海中总是浮现出她气急败坏的模样。卢恩裕的讨人厌指数似乎又上了一个台阶。难道是因为我去过她家吗？雪娥虽然嘴上说着不在乎，但其实心里却嫉妒吗？唉，我也不知道了。人心真的是难以琢磨。

Chapter 06

四个人的化学反应

我也能够感受到这些话语的重量，它们已经不再是语言，而是层层叠叠的思念。

我将礼物分别送给了她们几个人。米素、雪娥还有炳熙都向我表示了感谢，但收到洁面刷的雅岚却说："我有震动洁面刷。"

"那我把口腔清洁剂给你吧？"

"不用了，口腔清洁剂我家超市有一大堆。这个刷子就拿来旅行的时候用吧。"

雅岚经常这样。她和爷爷奶奶住在这边住宅区最大的超市商铺的三楼。我听说她的父母住在其他地方，据说那个商铺归雅岚的爷爷奶奶所有。得益于此，她的零花钱总是非常丰厚，所以这种平常的物件她并不太会放在心上。

Chapter 06
四个人的化学反应

朋友们同意了我周末去卢恩裕家参加“社区报纸”制作课题的讨论会议。不知道是因为我给她们送了礼物，还是因为完成小组作业原本就是正当理由，但不管怎么说，我都可以安心去卢恩裕家里了。其实我给她们送礼物本来并没有什么企图，但后来才发现这种行为倒像是在贿赂一样。

无论如何，能够毫无负担地去参加课题会议，我还是很开心的。因为讨论会议，我从星期六早上开始就已经有点激动了。

“咱们小组成员之间的‘化学反应’感觉都很不错。”

时厚的话听起来好像没错。我们四个人之间就算是开一些小玩笑都很有默契。小组里没有人会咄咄逼人，嘲讽别人所说的话。当然我还是尽力和卢恩裕保持着距离，虽然没法讨厌她，但是也努力不去喜欢她。

我到她家的时候，时厚和海江已经到了。

我将一把迷你小扫帚递给了卢恩裕。

“这是什么？”

“礼物。”

“礼物？”她的眼睛瞪得圆圆的。

男孩们则不停地喊着“什么，什么”，然后靠了过来。

我凑到她耳边悄悄说道：“谢谢你上次借给我卫生巾。”然后又大声地说：“这个正好可以用来清扫掉你桌子上的橡皮碎屑。”

说完之后，我忽然觉得有一些不妥，一不小心可能就会让卢恩裕感到不舒服，但是她却哈哈大笑起来。

“哇！真的谢谢你。这东西到底是在哪里买的？”

我莫名松了口气，心情变得有些奇怪。只是一个扫帚而已，这不过是小学时的常用物品，她竟然会这么感动。如果礼物是送给朋友们的话，那现在她们应该只会敷衍地说一声“谢谢”。

“吃早饭了吗？家里有很多吃的，要吃点什么吗？”卢恩裕问道。

“当然吃了，咱们先开会吧。”我赶紧转移话题。

上次聚会只有我一个人在吵吵闹闹的，这让我很过意不去。为了挽回一下形象，我决定先好好讨论这次的社区报纸。说完之后我有一点后悔，我不知道说这种话会不会让自己看起来像个“认真虫”，但是时厚爽快地答应了。

“好吧，我也是有备而来的。”

他从包里拿出一沓用订书机装订好的 A4 纸。

"我带来了一些资料，如果什么都没有准备就直接讨论的话，很可能会翻车。"

"哦！金时厚好棒！"

海江看着时厚双手竖起了大拇指，时厚也得意地拍打着海江的手臂。

"哦？这是什么？"

卢恩裕好奇地问时厚，海江和我一起翻开了第一页。

"我把介绍咱们社区公社的文章都收集来了。同学们！我是不是个天才？"时厚大言不惭地说道。

"说什么呢！"

他有点太过自以为是了，我很自然地怼了他一句。说完我又有点不好意思，感觉自己不应该这么说。

不过好在他完全没在乎，依旧乐呵呵地解释道："这个呢，还记得班主任说过的'东桥同乐'吧？听说咱们地区也开始组织这种社区公社了。考试时需要掌握出题人的意图才能得到好分数，实践课题也是一样。应该会想要刊登关于社区公社的报道，那么这部分就由我来负责吧。我自己调查了一些资料，我妈妈也参加过社区活动，所以我对这方面还有一些了解。”

“OK！那么就由时厚来负责这部分好了。”卢恩裕看着时厚说道。

“我也觉得OK！时厚真的像是个天才。”我也附和道，想用称赞来挽回自己刚刚说出的“说什么呢”这句嘲讽。

“喂，你有没有听过有人被雷劈之后就变成天才的事情？”

听到“天才”这个词，海江好像想起了什么，看着时厚问道。

“雷劈？你是说闪电击打在地面上的那种雷劈吗？”

“嗯，那个人生活在美国，听说是被雷劈之后就倒下了，然后从医院里醒来，哇！好厉害！然后完全变成了一个天才。他能够流利地说出自己从未学习过的外语，还能够解答很难的数学题。”

“嗯？那不是‘震惊世界的系列丛书’里的故事吗？”

在海江和时厚进行下一步交流的时候，我读起了时厚拿来的资料。

在这期间，卢恩裕去厨房拿来了泡菜煎饼。

“这是海江带来的，都已经凉了，我用微波炉加热了一下。”

“海江自己做的泡菜煎饼吗？”我有点诧异。

海江得意地说：“妈妈让我带点吃的过来，所以我就发挥了自己的必杀技。我很会做饭的。”

我们各自拿起筷子吃起了泡菜煎饼。

“好吃吗？好吃吧？”海江问道。

“嗯，还不错呢。”

“你挺会做饭呢。”

卢恩裕和时厚都称赞起海江来。两个人稀里糊涂吃得挺香，但是我却难以下咽，第一次吃到这么难吃的泡菜煎饼，与其说是泡菜煎饼，不如说是放了少许泡菜的面粉。好在只有两张，几个人很快就把它消灭了。

“但是社区报纸里必须要有有趣的故事，我妈妈在排骨店工作，只要将客人们的故事写上去，社区报纸就差不多完成了。”海江说道。

“是市场入口的那家排骨店吗？你妈妈在那里工作？”

听到我的问话，海江点了点头。

“这个不错。”卢恩裕说道。

海江向我们介绍了一些市场里的人，然后我们决定采访在传统市场里做生意的鲜鱼店老板。

我悄悄给大家看了看我收藏在手机里的，六年级时自己制作的社区报纸。卢恩裕认真地看完那篇关于美食技师的报道后说道："这个报道很好哎，我们可以再利用一下。"

"再利用的话总觉得有点那个，因为除了打糕店，其他商铺都不在了。"

"打糕店？"这时时厚也加入进来。

"关于美食探店的报道一直是不错的选择。但必须要很小心，很容易就会写成广告性质的报道。"

就这样开了一个头以后，大家开始热烈地讨论起社区公社。从社区图书馆各种项目的成立，一直聊到刚刚成立的社区集体食堂。

"时厚，你是想要获得'社区报纸奖'然后借此获得进入私立高中的资格对吧。"

就在这个节骨眼上，我忽然说了一句有点严肃的话。时厚用略显慌张的眼神望向我："不是的，私立高中的入学考试最重要的环节是内审，是不会看你获奖情况的。生活记录簿中的获奖明细是需要做遮盖处理的，如果把这些内容写在自我介绍中的话，会被光速淘汰掉。"

“真的吗？私立学校的入学考试不能写获奖情况吗？我都不知道这些。”

“你肯定不知道了，因为入学考试的内容会时常更换的。”

“入学考试资料里连这些都不让写吗？为什么这么严格啊？”

我的话一句接着一句，像倒豆子一样地问了出来。

“对了！那入学考试还是要参考阶段性评价的成绩吧？”

“阶段性评价的成绩还是要计入在内的，是不是挺有意思？”时厚说道。

虽然我问的问题都很讨厌，但时厚还是坦率地回答了，这让我觉得有些不好意思。

“我想要写一篇关于社区电影拍摄地的报道。”卢恩裕忽然开口，打破了尴尬的气氛。

我们三个人都吃惊地问道：“有电影在咱们社区拍摄过吗？”

“嗯，不过不是商业电影，是一部独立电影。电影的名字叫 *My Name is Nobody*，你们有人知道吗？”

她说完，我们三个都摇了摇头。居然是独立电影！她竟然还看独立电影啊。独立电影是与古典音乐、文学、历史一起，最容易让人获得“认真虫”绰号的单品。卢恩裕能够如此若无其事地说出这些，真是让人感到神奇。

“那部电影就是在咱们社区拍摄的，在哪里呢？社区里有个兔子磨坊对吧？往那个巷子里走一点就是一家菩萨占卜店，不对，或者是算命的店铺？总之就是在那个巷子里拍摄的。”

“哦？在我家附近啊。”

“真的吗？多贤你家住在那边吗？”

“嗯，我家就住在那个有兔子磨坊的小巷里，你刚刚看到的我六年级时写的那篇关于美食的报道，那个打糕店就是兔子磨坊。”

她居然知道我们小区，我感到非常高兴。我很想说我爸爸特别喜欢吃兔子磨坊做的豆子打糕，但话到嘴边又被咽了下去。当然我也没有说我爸爸经常用豆子打糕搭配牛奶做早餐，还有打糕店后面照明商店的大叔是我爸爸的朋友。

“原来如此，我们什么时候去兔子磨坊买点儿年糕吧。不过你住在那里的话，对那家菩萨占卜店有了解吗？”卢恩裕问道。

“你说仙姑菩萨吗？我不太清楚。”

虽然不太了解，但不管怎样，那个小巷里的占卜店却是格外显眼。仙姑菩萨住的是有平板屋顶的单层住宅。大门上画着花里胡哨的太极图案和旗帜，一面写着生辰八字、择日、搬家、起名等。

她为什么会忽然问起占卜的事情呢？

随着会议的结束，不知不觉地到了午休时间，虽然是星期六，但卢恩裕家里还是只有她一个人。

“家里有很多紫菜包饭，你们要吃吗？”她问道。

“好啊！”

“嗯，我想吃。”

大家兴奋地回答道，全部一拥而上奔向厨房。厨房里堆满了紫菜包饭。

“你们各自拿盘子来盛吧。”

“你家在卖紫菜包饭吗？”

海江问道，卢恩裕听罢爆发出笑声。

“我爸爸今天有团队活动去爬山了。昨天阿姨将食材准备好就下班回家了，早上我和爸爸一起做了一大堆。非常好吃。”

我们各自端着装满紫菜包饭的盘子来到客厅的沙发桌前。虽然只是鸡蛋、胡萝卜、菠菜、腌萝卜这样的普通食材，但还是非常好吃。

鸟儿们从客厅的窗外飞过，OLIVE 公寓的园区内到处都盛开着木棉花，已经到四月了。

“我想去仙姑菩萨的店里。”卢恩裕吃完紫菜包饭，坐在沙发上喃喃自语道。

时厚、海江和我同时喊道：“为什么？”

“不为什么。不，也不是没理由，我就是想去问问我妈妈在哪里。”她喃喃自语道。

我吓了一跳转头看向她。

“你不知道妈妈在哪里吗？”海江问道。

“她已经去世了。”

卢恩裕的眼睛低垂下来。我的心里忽然一阵酥麻，她的脸上隐隐约约泛着一丝凉意，我现在似乎理解她了。

“她在我上六年级的时候患上了癌症，之后就一直躺在医院里直到去世……我只是有点好奇，她现在应该不会再感到痛苦了吧？在那个世界里应该不会再有人生病了吧？爸爸说妈妈会安息的，但我想要得到一个确切的答案，而不是这种自欺欺人的猜测。如果去那家店的话，应该就能知道了吧。”

她所说的每一句话，都像是子弹一样打在我的身上。我能明白像这样淡然地说出这些话到底需要多大的勇气。我也能够感受到这些话语的重量，它们已经不再是语言，而是层层叠叠的思念。

“你可以祷告试试，我祷告过所以都知道。我表弟也去世了，我试着祷告过也得到了回应。”海江说道。

“怎么做的？什么回应？”

“嗯，就是说我表弟过得很好，已经去了天堂。”

海江爽朗地回道。听到这句话，卢恩裕的脸上露出了不可思议的表情，默默地笑了。

Chapter 07

请拥抱我

走在这条充满着打糕香气的路上，我会觉得非常惬意。

我当然也有负责的报道内容。我决定采访的报道是什么内容呢？总之没法用言语来形容。这件事简直太让我感到兴奋了，我恨不得拿着扩音器去街上宣传。

从那天起，我的身体里就像是被安装了幸福病毒 APP 一样，没有一件令我心烦的事情。班长大喊道：“离考试时间不远了，安静点。”但大家已经见怪不怪了。

班里有个同学对我说：“多贤啊，你好像没有想象中那么高呢？啊！原来是因为腿比较短啊。那你以后得穿高跟鞋了。”

我知道她并不是为了取笑我才这样说的。有不少学生看到我坐着时的身高，都以为我的个子很高。对我而言，腿短这件事几乎是三天两头就会被人提起的烦人噪音。

不过我这样回敬了她：“我为什么要穿高跟鞋？我就要穿运动鞋。你知道 Cotton candy 的 Bani 吧？她也像我一样腿很短，但她跳舞时总是穿着运动鞋，一直都显得非常帅气。”

啊！这句话真的就这样从我的嘴里说出来了，就这样真心诚意不加任何掩饰地说了出来。

我决定写一篇名为《请拥抱我》的眼镜捐赠活动的报道。这件事对于我来说简直就是灵丹妙药，是幸福病毒 APP。

其实是卢恩裕提出要写这篇报道的。她向我们展示了 SNS 上带有“眼镜捐赠”标签的内容。这是募集大家不戴的眼镜，把它们送到一些不太发达的国家的活动。据说在那里，眼镜是至少需要攒一年的工资才能买到的高价物品。

“就在咱们学校的玄关入口处，也摆放着‘眼镜捐赠箱’呢。”卢恩裕说道。

“真的吗？我都不知道。”

“好像是上周才摆放出来的。据说从下下周开始，每周一的返校日，都会进行‘请拥抱我’的宣传活动。你看！看样子义工社团是准备进行这项活动了。”

她打开的是全国初高中联合社团的 SNS 链接，和它相关的 SNS 还有郑玹雨。广播班又加上义工社团，他可真是个了不起的人物。

总之，以后每周一我都能以采访为借口找他聊天了。说不定还可以借着活动的名义抱一抱他！真是令人紧张又激动……

星期三学校提早放学，我见到了久违的五指团朋友。我们乘坐公共汽车去了百货商场，一起陪雅岚去买实践学习时要穿的衣服。

聚集着各个服装卖场的楼层，琳琅满目的漂亮衣服让人目不暇接。雅岚穿梭在各个店里挑选着，那份自信真令人羡慕。我很怕看商场售货员的眼色，所以只能在网上商城购买衣服。

“这衣服真适合你！和你很搭。”

“那条裙子怎么样？感觉和刚刚买的 T 恤很搭。”

“会不会有点贵？”

“哎呀，雅岚，你不是说家里为了让你买衣服给了很多零用钱嘛，就买一件吧。”

雅岚对于买衣服这件事非常积极，她还买了一条牛仔裤。

炳熙说："你不是有很多条牛仔裤吗？"

"虽然有很多，但基本上都已经过时了。牛仔裤这种东西也是有流行趋势的，而且这种流行趋势每年都会有变化。"

听着雅岚的话，炳熙摸着头发轻轻地点了点头。

不知不觉雅岚已经购买了十只购物袋的东西了，她将一些零碎的小塑料袋装进了大一点的购物袋中。但即便如此也还是有三个购物袋。米素和炳熙也各买了一件 T 恤。

我问道："要是很重的话我帮你拿一个吧？"

雅岚一边说着谢谢，一边将最大的袋子递给了我。我们乘坐着自动扶梯一起涌向了汉堡店。

"哦？我去补习班的时间快要到了，咱们赶紧吃完走吧。"雅岚说道。

然后让每个人交给她五千元韩币，但我的口袋里只有三千元韩币。

"我午饭吃了很多，我就不吃了。"

我这样说着没有再交钱。其他几个朋友开始一万元、一千元地从钱包里掏出钱来。这时雅岚似乎想起了什么。

"对了！你周六不是帮我付了炸酱拉面的钱嘛，那今天的我来帮你付吧。"

说着她将钱还给了炳熙，然后对米素和雪娥说道："今天我来请客吧，谁要吃汉堡？"

因为我之前已经说过不吃了，所以没法再举手，庆幸的是雪娥也说自己肚子不饿，没有举手。

雅岚和炳熙一起去前台点单，买回了汉堡和饮料。店里从刚刚开始就一直播放着嘻哈音乐，有点吵。雅岚、炳熙、米素吃起了汉堡套餐，我和雪娥只吃了薯条，喝了一点汽水。

"不过真是郁闷啊！其他地方的炸酱拉面只要两千块，只有那里要收三千块。面又不是他们自己煮的，只要往盒子里倒点热水就完事了，凭什么收那么贵？"

"我们以后别去那里了，那儿的味道还很大。"

"有味道吗？我怎么没闻到。"

"有的，非常大的味道。是香烟熏出来的气味吗？总之就是大叔的味道。"

她们一边吃着汉堡一边讨论着。

这时我问道："是哪里呀？你们在说哪里？"

"嗯，漫画咖啡厅，我们周六去了漫画咖啡厅。你那天要去参加社区报纸课题的讨论，我们就自己去了。"雪娥说道。

Chapter 07
请拥抱我

原来如此，不过她们为什么没有在聊天群里提过呢？要是大家也问问我就好了，我要是知道大家会去漫画咖啡店的话，可能会把报纸的编辑会议推迟。虽然有点遗憾，但很快我就又恢复过来了。毕竟我现在下载了幸福病毒 APP。

“是哪家漫画咖啡店啊？喜剧？巴宝莉？”我装作若无其事地问道。

“喜剧！”雅岚简短地回答了我的问题。

“没错，那里面确实很脏。但是那里的炸酱拉面要卖三千元吗？”

我积极地加入了朋友们的对话，我也去过喜剧漫画咖啡店，所以有话题可聊。

“实践学习那天咱们也一起吃午饭吧。”雅岚岔开了话题，不停地摇晃着双腿。

“但是偶数班和奇数班的实践学习地点不是不一样嘛。雪娥和我们班要去景福宫。”

米素说道：“那不是要将我们分开吗？不可以！”

雅岚调皮地喊道：“不行！我们绝对不能分开。”

“就算是刀架在脖子上，我们也都要在一起。”

大家都笑眯眯地说着，雅岚在欢声笑语中看了一眼时间忽然站了起来。

“哦？我要迟到了，怎么办？”

在同一个学院里补习的米素也站了起来，炳熙一边盘着头发一边用左手拿起包，可乐和汽水还剩下一半。

“怎么办？多贤啊！你能帮我把购物袋拿回家吗？我怕拿回家后再去补习班会迟到。”雅岚说道。

我爽快地答应了：“好的！我帮你送去。”

雪娥陪我一起去了雅岚家。

星期三雪娥的补习班是晚上上课，所以还有点时间。

我们两个将雅岚的购物袋送回她家之后就去了附近的公园。一直在走路稍微感到有一点热了，我将外套脱下来放进了包里。

今天天气很不错，户外很舒服，公园里有很多人。那些有平台的屋顶上坐着几位老奶奶和阿姨们。不过每一个长椅上都坐满了学生，还有带着孩子出来的大人们。我们在公园中走来走去也没有找到空着的长椅。

“我们去其他地方吧。”雪娥说道。

Chapter 07
请拥抱我

我们去了举办露天演出的现场看台。这里是举办小型音乐会或诗朗诵会的场所，能坐的地方就只有那里了。雪娥从包里拿出了两张学院的宣传海报，我俩将海报垫在地上坐了下来。

“周六在漫画咖啡厅应该很好玩吧。”我说道。说实话我还是很好奇我不在的时候，她们四个人都做了些什么。

“还可以吧，漫画咖啡店还不都一个样。”雪娥不太情愿地回答道。我真的万分感谢她这句回答。如果她们在没有我的场合仍旧玩得很开心的话，我会很伤心的。

“你那边顺利吗？社区报纸。”我也在等雪娥问这个问题。

“嗯，我们小组之间好像还挺有默契的。时厚对制作社区报纸的事情非常积极。当然，也有一部分原因是为了阶段性评价，不过制作社区报纸本身就挺有意思的。对了！海江他真的是很有趣，我们开会的时候他还做了泡菜煎饼，虽然味道真的不怎么样。”

因为不用看雪娥的眼色，所以我可以坦率地将这些都讲出来。

“是他自己做的吗？”

“嗯。”

“你们又是在卢恩裕家里讨论的吧？”雪娥问道。

虽然她的语气很平常，但不知道为什么听起来却像是在质问一样。我明明和大家说了要在卢恩裕家开会，她为什么表现得像是不知情一样呢？

“嗯，她说要在自己家里讨论。”我回答得有些含糊。

“她这个人真的是挺可笑的，之前雅岚说想去的时候，她总是不让雅岚去。”

“什么？真的吗？什么时候？”我有些诧异。

“就是初一年级的时候，雅岚的父母住在外地，好像是为了之后能回到首尔一起住，所以在打听公寓的情况。OLIVE 公寓不是很好嘛，所以雅岚就想去她家里看看，但被一口回绝了。从那之后问她的问题也不怎么回应，打电话也不怎么接。”

“真的？卢恩裕为什么要那样呢？真是过分。不过雅岚的父母现在还住在外地吧？”

“好像是的。”雪娥望着天空说道。

鸟儿们从空中飞过，长满了新芽的树丛中开满了桃花。

我们一时间陷入了沉寂，空气中弥漫着前所未有的尴尬气氛，没什么话可说。为了打破这种气氛，我把捐赠眼镜的事情大致讲了下，希望能够找点话题聊。

“请拥抱我？是要拥抱的意思吗？多贤你打算写那篇报道吗？”

“嗯，你不觉得很帅吗？要是你家里也有不戴的眼镜就捐给我吧。”

雪娥带着诙谐的表情打趣道：“哼嗯……感觉你的心里有鬼呢。那个社团里是不是有你喜欢的人？”

“嗯？你怎么知道的？”

“你啊，从刚刚开始你的鼻子就一直呼哧呼哧地喘着，你骗鬼也骗不了我。”

我一时没忍住，就和她讲了郑玹雨的事情，嘿嘿。

今天是返校的日子，前一天晚上我都没有睡好觉。我很早就起了床，洗过澡，抹上 BB 霜，反复地将那支杏色的唇釉涂上又擦掉，犹豫很久，最终还是没有涂。

返校日学生们一定会一窝蜂地挤进校园，我可能连眼神都不敢和郑玹雨对视就直接进学校了。令人担心的事情还不止于此，如果下雨或者雾霾非常严重的话，活动也有可能会被取消。

我比平时早些走出了家门，担心的事情却一件都没有发生。天空很晴朗，万里无云。

巷子里弥漫着兔子磨坊中传出的打糕香气，有个孩子骑着自行车从我的身边一闪而过，他穿的是我们学校的校服。我上学时不会走小区公寓那条路，而是从巷子里过去。要是我的朋友们不介意的话，我也希望放学的时候我们可以一起在这条巷子里走一走。走在这条充满着打糕香气的路上，感觉非常惬意。

我迈着大步向前走着，一只小野猫缓缓地穿过小巷，就在这时喧闹的手机振动声从校服的口袋里传了出来。我拿出手机，正巧此时刺眼的阳光照射在屏幕上，导致我没有看清屏幕上显示的名字是谁。

“喂！”

对方没有说话，大约几秒钟后，我听到了“嘻嘻嘻”的笑声。什么嘛！正当我想要挂断电话的时候，“是我呀，我！不就在你后面嘛。”

我很快就猜出了声音的主人是谁。在离我大约 50 米远的位置，金时厚正笑嘻嘻地朝我走过来。啊！真是踩到屎了。

看来我要和他一起走着去学校了。这几天来想象和预想的情况全都发生了变化。时厚他为什么偏偏在这种日子里，跟我表现得这么亲近呢？如果我们两个人一起去学校的话，郑玹雨他可能会误会的。我该怎样才能和时厚分开进入学校呢？假装不认识他，还是装作很忙的样子？

“你今天去得好早啊。啊！对了！今天是‘请拥抱我’活动的第一天吧？你是为了采访才提前出门的吗？”

时厚爽朗地笑着。哎哟，真让人郁闷。

“对了！我不是说了要写关于社区公社的报道嘛。昨天我为了写报道登陆了咱们社区图书馆的网页，哇！图书馆下周会邀请社会部的记者来演讲。但是演讲时间和补习班上课的时间重叠所以没法去了。多贤，你听说过南钟秀记者吗？”

“没有，我第一次听说。”我回答得既简短又生硬。

“那位记者因为写过几篇独家新闻，所以名声大噪。总之咱们社区的图书馆真厉害呢，竟然还邀请到了记者。多贤，你有去过咱们社区的图书馆吗？”

“没有。”我快速地回答道。

图书馆也是我喜欢的场所之一，我怎么可能会没去过。不过关于记者演讲的话题倒是引起了我的注意，不过现在这个情况下，这件事还重要吗？如果我说我去过图书馆，那时厚就一定会说个没完的。离校门越近我的心里就越着急。不然我说要到文具店去，然后让时厚先走怎么样？

“大家都以为我成绩好是因为上了很多补习班和课外辅导，但并不是这样。那是因为我从小就‘住’在图书馆。咱们社区图书馆举办的活动好像都挺不错的。人文学、美术、历史等很多讲座，还会放映电影，还有画家会来办画展，全部都是免费的！我上小学那会儿，暑假的时候还去过草虫教室。你知道蟋蟀、螽斯、大尖头蜢、蝈蝈儿这些昆虫吗？”时厚吵吵嚷嚷地说个不停。

“不知道！”

“我全部亲眼看过的。到目前为止，举办的所有活动中我最喜欢的就是草虫教室。是那种晚上会在野外搭帐篷睡觉的两天一夜的露营。还想再去一次，但这种活动没有为中学生开放。”

啊，我还是第一次见到这么啰唆的男生。由于精神恍惚，我连去文具店的话都没能说出口。

转眼间，我们已经穿过了人行横道，可以看到义工社团的学生们在校门口排着队。有七个人在场，他们每个人都系着肩带，手里举着用来宣传的牌子。其中一人拿着用来装眼镜的箱子，另一人则负责分发宣传单。还有两人戴着印有“请给我眼镜”字样的心形发带。其中一位是负责活动的老师，另一位就是郑玹雨。

“您好！一大早辛苦您了！”时厚自顾自地跟老师打了个招呼。

“时厚啊！你家里要是有不戴的眼镜，也一起拿过来吧！”老师轻快地说道。而我的注意力则全部都集中在郑玹雨身上。

“您不说我也要拿来的，只是今天忘记了。我家里妈妈和弟弟的眼镜加起来大概有十副吧。我妈妈做了激光手术，现在不需要戴眼镜了。不过话说回来，我们小组想在我们制作的社区报纸上刊登这次活动的报道。”

时厚他唠唠叨叨地说了很多，社团的学生们都看着我俩。

“那篇报道是由她负责的。”

事情的走向逐渐变得奇怪起来，我不想这样的。时厚这小子为什么要把事情说出来？我只不过想要安安静静地采访郑玹雨，然后写一篇报道而已！

“好吧，那就请你多多关照了。”老师看着我说道。

“但是大家怎么都直接走过去了呢？不是‘请拥抱我’的活动吗？难道不用拥抱吗？”

“什么？你以为是要拥抱吗？”

听了时厚的话，老师指着其中一个孩子手中的牌子。上面写着“请将不用的眼镜送给非洲和亚洲的邻居们”。“请拥抱我”③是这句话的缩略语。

“不过也可以给你拥抱，过来吧！”

老师一边说着一边把手中的传单递给了旁边的孩子，然后张开双臂。时厚得意扬扬地走向老师拥抱了一下。我站在那里进退两难，最后很不好意思地走过去也抱了抱老师。

学生们也陆续涌了进来，我和时厚向老师打过招呼后进了校门。时厚这小子真是个没有眼色的家伙！这个毁掉我精心计划的家伙！

我的心里乱糟糟的，觉得倒霉透了。就在这时，“金多贤，回头见。”

---

③ 韩语中“안경”“아프리카”“ 주세요”组合起来就是“请拥抱我”。

也是只有我能听到的低沉的声音。

“道别？再见！就是这样啊。”海江傻傻地回答道。

“就只是再见？只有这一句吗？”

“那不说再见，应该说什么呢？”

海江歪了歪头，然后像是想起什么来似的，“啊，我想到了。再见哦！这样说怎么样？走好！下周再见。See you again！”

“如果不熟的话还要说再见吗？是一点都不熟的那种？啊，我再解释一下。比如说你在教会里有好几个朋友，如果说，你只和其中的某一个孩子打了招呼，所以你会只对那个孩子说‘再见！回头见！’这样的话吗？为什么会这样呢？”

我看着海江又问道。他好像不太理解我说的话，显得有点郁闷。

“就是啊，为什么只跟其中的一个孩子打招呼呢？我不理解。如果是几个人在一起的话，不是应该和大家都打招呼吗？如果只和其中一个孩子打招呼的话，其他的孩子会不高兴吧？”海江说道。

他说得没错，我郁闷得快要疯掉了。

“对吧？按常理来说，如果有几个人同时在场的话，应该要跟所有人打招呼的吧？”

听了我说的话，海江用力地点了点头。

“对啊！当然要那样了。”

就在这个时候，从刚刚开始一直在笔记本上贴便利贴的卢恩裕插嘴道：“如果只向某个特定的人打招呼的话，那或许是因为对那个人有心？”

“对！我说的是这个意思。那种行为就说明有什么的，对吧？”

“明明就是因为喜欢那个人才这样打招呼的，是吧？”其实我原本是想这样说的，但实在不好意思说得这么直白，才说得婉转了一些。

这时教室的前门打开了，时厚走了进来。

“当然了，一定是因为有好感才这样的。”卢恩裕认真地为这段对话画上了句号。这就是我想要的答案。

午饭时，我和雅岚还有炳熙一起去了操场。原本是打算出去散步的，但最后还是在长椅上坐了下来。我们在法国梧桐的树荫下吹着春风，男生们在操场上踢着足球。

“哎呀，真烦人。百货商店的灯光就是纯粹欺诈，是诈骗！”雅岚喊道。“为什么？不喜欢新买的衣服吗？”炳熙问道。

“完全不喜欢，看起来非常廉价！”

与平时不同的是，我没法对雅岚的话一一做出反应，幸亏炳熙坐在我俩的中间。

“那就退货吧。拿去退掉不就行了嘛。”

“肯定要退货了，真烦人，又要去一趟。我还得去补习班呢。哎哟，真烦人。”

雅岚一直在真烦、真烦地说着，搞得连我也有点不耐烦了。

我不记得她到底说了多少遍“真烦”，但我觉得以现在这种局面，自己就算是再烦躁也得忍受。

这时有一个足球滚到了这边，两个穿着白色短袖的男孩正朝着我们走来。我从座位上站起来，把球踢向那两个男生，其中一个男生向我挥手表示感谢。

“就是说啊，哪有男生会在和女性朋友分开的时候说‘回头见’的。虽然也会有人这样说，但他只跟那女孩一个人说了‘回头见’。明明只要说‘再见’就可以了，为什么还要加上一句‘回头见’呢？”

啊！我终于被逼疯了，居然不经思索地问了雅岚和炳熙这样的问题。但是我无论如何也没法摆脱这些想法，总是想要从别人的口中得到答案。

“分开的时候，不就是应该说‘回头见’吗？”

炳熙用手绕着头发答道，这次她绕的是头顶的位置。

“现在这个问题重要吗？”雅岚又烦躁了起来。

这时，突然听到操场上传来嗡嗡的声音，有几个男孩子“哇哇”地叫了几声，闹得不可开交。所有人的视线都集中在了那群踢足球的男生身上，有一位身着运动服的女孩突然出现在其中。那可不是普通的女孩，她是在男孩子之间被称为女神、在最恶市民奖中排名第一的黄孝贞。

她虽然并不经常踢球，却仍然和队员们配合默契，传球非常精准，防守也十分出色。比赛打得异常精彩，还有一些学生打开教室的窗户伸头观看比赛。

我们三个人坐在长椅上，失魂落魄地望着眼前的情景。又到了自动讽刺黄孝贞的时间，但是雅岚和炳熙却什么话也没有说。

“切！不愧是‘关心种子’，突然又踢起足球来了。”

于是我先开了口，不过我心里还是觉得黄孝贞很帅。但不论是雅岚还是炳熙，都没有对我说的话做出任何反应。

Chapter 08
相比孤身一人

几秒钟后炳熙说道："孝贞在米素的补习学院报名了，据说和米素分在同一个班。"

像是一句无心的话。

这时雅岚猛然从长椅上站了起来，我仰视着她。

"我放学之后要去退货。多贤啊，你要一起去吗？炳熙她已经说好，要和她的堂兄弟们一起去练歌房。"

烦躁这个词的传染性非常强。自从和雅岚约好一起去百货商店后，这股烦躁的情绪就一直萦绕在我的身上无法平息。不管怎么想，雅岚都好像太轻视我了，去了那里肯定不只是退货，还会去换货，到时候又会让我把购物袋送回她家里吧？要拒绝她吗？如果今天也要我帮她跑腿送购物袋的话，我可真的是要疯了。

所幸的是并没有发生那样的事情。我今天没有像平时那样嘻嘻哈哈的，雅岚应该也感觉到了我情绪不佳。到达之后办理好退货，我们就乘坐百货商店的自动扶梯下来了。

"我要去补习班了，你能送送我吗？"雅岚说道。

由于雪娥也经常会送她过去，所以我很难拒绝她这个请求。

樱桃虾米

今天是工作日又是在白天，所以公交车上还有很多空座位。我们两个并排坐在最后一排。

“你们小组的社区报纸制作得还顺利吗？”我问道。

“社区报纸？”

“就是韩国语课的那个实践课题。”

“哦，那个啊。”

雅岚傲慢地看了看窗外，公交车呼啸着开过栽满七叶树的林荫道。

“那个不是六月份才交吗？为什么这么早就开始做？又没人在乎这种东西，小组组长自己会看着办的。我到时候从网上找一些文章来，随便拼凑出一篇报道就行了。”

雅岚已经这样说了，我也就没什么好说的了。

仔细想想这种事情好像经常发生。我说的话很难在雅岚身上得到反馈，我说出的那些话，就像是乒乓球一样，从嘴里弹出之后在空中就破碎开来，也不知道究竟是我的问题，还是她的问题。

“你说允珠的风格看起来是不是怪怪的？你看到过她裙子的长度吧？我还以为她是从朝鲜末期逃出来的呢，她都不觉得丢脸吗？每天趿拉着三线拖鞋走路，感觉就像是露宿街头的人。”

我真担心有人会听到雅岚说的话，幸好她说话的声音很小。

这次又轮到允珠了啊，她是和雅岚同一个课题小组的学生。允珠又是为什么被雅岚讨厌了呢？对于自己看不惯的人，雅岚会一直说到将他们“嚼成粉末”为止。但是今天我并不想配合她讲话，她这种自说自话的习惯也让人非常烦躁。

“而且最近谁还戴那种眼镜啊。”

“咱们班主任的眼镜不是也差不多嘛，我觉得不错啊。”

你讨厌卢恩裕也是因为她戴眼镜吗？我差点儿就说这句话了。听到我的反驳，雅岚似乎不太高兴，闭着嘴巴向窗外看去。我不喜欢这种尴尬的气氛。想想看，我们一整个组合在一起的时候就很开心、很兴奋，也很合得来。但是，我只有和雪娥单独在一起的时候才会觉得舒服。

“对了，学校最近不是在组织眼镜捐赠活动嘛。你知道那个活动中有我暗恋的男生吗？”

我真是疯了，为了打破尴尬的气氛居然说出这样的话。对于我所说的，雅岚没有做出任何回应。正是因为她没有做出反应，我反倒更加不安。现在的沉默到底是什么情况？

“不过，只是我自己单方面的喜欢而已。”

“我知道。”

雅岚简短地回答了一句，视线依然投向窗外。她知道？她知道我喜欢郑玹雨吗？是雪娥告诉她的吗？

我和雅岚在补习学院的楼前分开。这时我突然感到双腿发软，一定是肚子饿了。我在商铺一楼的面食店里买了杯装的炒年糕，纸杯里装了有十几个年糕吧？ 但吃完之后，我心里还是觉得不舒服。

步行大概半小时就能到家，我一个人走在路上，感到一丝寂寞。这时我对于雪娥的那种惆怅之感渐渐涌上了心头，她竟然把我喜欢郑玹雨的事情告诉了雅岚。雅岚的反应，她的眼神，会是什么样的呢？虽然是我先说出口的，但心里总还是有所顾虑。其实我并不希望雅岚知道这件事情。

穿过人行横道就能看到一条小吃街，我缓缓地经过那些准备在夜晚开场的店铺，然后又穿过一条人行横道，进入了小区旁边的岔路。

我在幼儿园的水蜡树篱笆前停下了脚步。孩子们在有跷跷板、恐龙摇椅和双层屋顶滑梯的游乐场里玩耍着。那些坐在长椅上的大人，不知道是父母还是老师，用温暖的眼神看着玩耍的孩子们。真令人羡慕。想要被风吹到某个地方去，去进行一场时间而不是空间的旅行，回到和爸爸妈妈一起生活的小时候。

这时，校服口袋里的手机响了起来，是金时厚。

“什么呀？这个时间有什么事情吗？”

“哦？我打错了。”电话那头说道。

“是吗？那我挂了。”

“不过你在哪里啊？”

“你问这个干吗？”

“也对，小心车。不要随意横穿马路。”

时厚像是哥哥一样说了句无聊的话。由于听起来太过荒唐，我笑出了声。我说着“知道了”然后挂断了电话。

穿过一座横跨在小溪上的桥梁。春风扑面而来，真是美好的春天啊。对了，早上还有好事发生呢。

一想到郑玹雨我的心情就变好了，所以我对于雪娥的那种惆怅的感觉也消失得无影无踪了。如果站在她的立场上来想的话，我觉得也是可以理解的。毕竟我也没有嘱咐雪娥，不要把我的事情告诉其他人。她可能觉得我们五指团之间，应该将所有大大小小的事情都分享给对方。

不知不觉间我已经走到了兔子磨坊的门前。隔着窗户，我看见磨坊的大叔正重新摆放着那些装在盒子里的糕点。

我大步向家走去，思考着回家以后再吃点什么。

就在我打开大门的瞬间，瞥见了巷子的那头，有一个短发、身穿绿色夹克的孩子在仙姑菩萨的店门前徘徊。

“卢恩裕！”我喊道。

紧接着卢恩裕满脸笑容地向我招了招手。

“你来这里干什么？”

“我来拍点照片。几年前那部电影就是在这个巷子里拍摄的。我想要放一些巷子现在的风景照片和电影里的做个比较，应该会很有意思。”

“原来为了写报道才来这里的，你可真是了不起。我都还没开始呢。”

“也不只是为了社区报纸，主要是想出来看看春天的花。这里的住宅区真温馨，看来我只有看到这些低矮屋顶的建筑，心里才会感到踏实。这里家家户户都种着一棵树，墙上还放着很多的花盆。刮风的时候黄瓜和辣椒的秧子随风轻柔地摆动。因为实在是太漂亮了，我还拍了视频。”

Chapter 08
相比孤身一人

“这里有那么漂亮吗？”

面对我的问题她点了点头。这时一句令我意想不到的话从嘴里冒了出来。

“这里是我家，你要不要进去坐一会儿再走？”

她的表情显得有些不可思议，我的提议果然不太吸引人吗？

我真是疯了，居然邀请不熟的同学到家里来。除了五指团，没有其他朋友来过我家。但即便如此，已经说出的话也没法再咽回去了。

“好啊，我正好想去卫生间呢，这下好办了。”她竟然答应了。

我打开了黑色的大门带着她向屋内走去。房东一家住在这栋用红砖砌成的住宅一楼，我和妈妈住的屋子在二楼。二楼玄关的另一间房子住着一对新婚夫妇。

我们顺着楼梯走了上去，一进屋我就把她带到了卫生间。她进入卫生间之后，我就陷入了苦恼之中。好吧！我到底该不该让她等一等再走，或者我应该强调一下“等一等”这个单词，并且对她说“等一等，玩一会儿再走吧”，跟不熟的孩子在一起又该玩什么呢？

“你的房间在哪儿？”

卢恩裕一出厕所就问道。我的房间正好就在眼前。

“真漂亮。”

虽然我的房间还不到她房间一半的大小，但是装饰得却比她的房间要温馨。

“哇！这是什么颜色？”她走到我的梳妆台前。

“是珊瑚粉色 2 号，你要试一下吗？”

“我可以试吗？”

她不好意思地嘟囔道，然后就对着镜子涂起了唇彩。

“这些全都是你的吗？”

我的梳妆台上有很多各式各样的化妆品。

“嗯，我这里最奢侈的东西就是化妆品了。不过这些全部是在路边的小店里买的，很便宜。”

“原来如此，你有很多漂亮的东西呢。”

“你没有化妆品吗？”

“我不好意思一个人去买。”

“这有什么好害羞的，最近基本连小学生都会去了。你要是不敢一个人去的话，我可以陪你一起去。”

我到底在说什么？要和卢恩裕一起去化妆品店吗？

“真的吗？真的吗？”

她瞪大了眼睛说道，看样子她是认真的。

之后我把她带到了厨房。我继续思考着，“等一等”到底是几分钟？ 10 分钟？ 20 分钟？哪怕只是暂时来的客人，也要拿些什么东西招待人家吧。我将橙汁倒进杯子里。

“对了，家里还有煮熟的土豆。你要吃吗？”

以为她会拒绝，谁知她点了点头。

我将土豆捣碎，用盐和胡椒进行调味，然后在上面撒上马苏里拉芝士，最后放进微波炉里加热 2 分钟。狭小的房子里一下子弥漫着香喷喷的味道。

料理很快做好了，卢恩裕很捧场。

“太好吃了，比比萨还好吃，我回家以后也要做做看。”

一般情况下，几乎没有几个孩子愿意亲自做料理。毕竟大家都在上补习班，没有时间做。这样看来她和我倒是有很多共同点。比如：我们两个都不上补习班；她没有妈妈而我没有爸爸。还有什么呢？没有了！她学习很好，但我学习不好；她家的房子很好，我家的房子不好。嗯，不一样的地方似乎更多。

“对了！不知道你们有没有察觉到，我只和妈妈生活在一起。我爸爸去世了，很久之前，因为一场交通事故。”

我一边用叉子叉着土豆一边说道，卢恩裕嘴里叼着叉子，一脸惊讶地看着我。

“原来如此。”

她又叉起一块裹着芝士的土豆，我也一边咽着土豆一边喝起水来。一时间两个人都没有说话。

这是我第一次告诉别人爸爸去世的消息。五指团的孩子们知道吗？可能知道，也可能不知道，因为我从没说过。毕竟家庭关系有那么重要吗？这也不是什么大的秘密。

卢恩裕看着我把土豆放进嘴里笑了起来，我也跟着笑了。我的眼睛和她的眼睛对视了。这是什么情况？我的心情变得有些奇怪，猛地站了起来。

“你要吃苹果吗？”

我从冰箱里拿出苹果问道。她笑着点了点头。

“我有个问题想要问你，你能回答我吗？”我削着苹果说道。

原本是打算在自然合适的时机下顺其自然地问出来的，不知道我的声音有没有颤抖。

Chapter 08
相比孤身一人

“什么？”

她一脸紧张地问道。

“嗯，咱们小组不是去你们家聚会了嘛。啊！不是。我想说的是，就是……唉！我就直说吧。就是宋雅岚，你知道她是我的好朋友吧？你们两个去年不是同班吗？我听说雅岚想要去你家看一看，因为她说自己有可能会搬到OLIVE公寓，所以想先去看一看，但是听说你拒绝了她，这是真的吗？”

我尽可能不去追问别人一些难堪的事情，但是的确对于她们之间的关系很在意。既然可以邀请我们去家里召开小组的编辑会议，那么当初为什么要拒绝雅岚的请求呢？

我感觉到她的眼睛微微地颤动了一下，真后悔问了不该问的问题，现在这个尴尬的情况我该怎么收场？

她叹了一口气，“没错，雅岚她肯定很伤心吧。但当时的情况是，我妈妈刚去世没多久，我实在不敢把谁叫来我家里。不过说好了在我家开编辑会议，反正……我也希望之后能够一直在我家里开会。毕竟我们家基本上不会有其他人在，大家在那里也会比较舒服，没那么拘束。妈妈去世之后，虽然我们搬到了姑姑所在的这个小区，但我和姑姑也不太熟悉，所以也不怎么去姑姑家。……好吧，多贤，既然你这么坦率地问了，我也就坦率地回答你。”

卢恩裕说着说着停了下来，似乎对于接下来的话也感到很犹豫。

“这件事确实是我的错，当时和雅岚的相处让我觉得很有负担。现在也是这样，虽然咱们几个人在一起相处得还不错，但是我对于这种一对一的亲密关系还是感觉有负担。我也是第一次像这样和朋友一起，两个人面对面地坐着，我很害怕和某个人变得亲近起来。”

“为什么？为什么要害怕变亲近呢？”

“反正还是会分开的，所以我不想和任何人走得太亲近。”

“喂！这样一来，要是被大家孤立了可怎么办？”

“被孤立？那就孤立我好了，我不怕被人孤立，我只害怕和喜欢的人分开。”

卢恩裕斩钉截铁地说，语气严肃而认真。

淡红的午后阳光透过窗户照进了屋内，我和她慢悠悠地吃着苹果，聊着各自的家庭生活。她说自己很后悔没能在最后那段时光多去探望探望她的妈妈。她说当时感觉躺在病床上的妈妈非常陌生，总是下意识逃避不想去见她，当时只是觉得很害怕。

然后她问我：“多贤，你想爸爸的时候会怎么办？”

“我最近已经不太想爸爸了，毕竟去世很久了。”

我也淡淡地回答道。如果是雅岚、炳熙、米素、雪娥她们问到这些，我也会告诉她们同样的话。

其实想念是没有办法停止的。

突然间，我内心中一些尘封的想法全部从嘴里被释放了出来。

“不过该怎么说呢，随着时间的推移，我产生了这样一种想法。我不觉得爸爸是去世了，他仿佛是变成了风一样，一直陪伴在我的身边。我路过社区公园的时候偶尔就会想，橡树啊！你还记得很久以前，会在傍晚时分和我一起来这里散步的家人吗？被脱发问题困扰着的爸爸总是戴着棒球帽，我走在中间用双手握住爸爸妈妈的手，妈妈的嘴里哼唱着‘在玉兰花树荫下’开头的歌曲。橡树啊！请记住我的爸爸。大概就是这样的一种想法吧。”

卢恩裕注视着我。从她的眼神中我仿佛感觉到，我所说出的话，每一句她都能够理解。这些都是我从未告诉过其他人的感受，是我只在樱桃虾米的博客里写过的秘密故事。此时，我的心情变得有些奇怪。

不过这里是我家，是可以不经过任何修饰，就能够将我所有的情感都展示出来的家，我的领地。

“总之，我现在已经没关系了。社区里布满了爸爸的痕迹，那些还记得爸爸的树、花和街道，还有爸爸常去的饺子店和兔子磨坊……我偶尔也会羡慕那些有爸爸的孩子，但也只是觉得爸爸是出差去了很远的地方。他好像一直都在看着我长大。我的想法很好笑对吧？”

“一点也不好笑。”

卢恩裕温柔地笑着说道。在那一瞬间我的心里咯噔了一下，照这样下去和她变得亲近了该怎么办？

恩裕。

Chapter 09

误会

啊！我好傻！我是全天下最傻的傻子！

那天晚上我给雪娥打去了电话。不管怎样，我都想告诉朋友们，恩裕并没有无视雅岚。我也想过把这些内容直接发到聊天群里，但我没有足够的自信能够消除这层层叠叠的误会。所以我决定先和我的翻译官雪娥说一说这件事。

“卢恩裕的妈妈去世了？”

电话那头的雪娥说道，她似乎有一些吃惊。

“她就是在妈妈去世之后搬来咱们社区的，看样子那间公寓是恩裕的姑姑在 OLIVE 公寓里买的。”

“但这又和她无视雅岚有什么关系？”雪娥说道。

我突然有点喘不过气来。到底怎样才能让她明白，爸爸妈妈去世，永远都不能再见是一种怎样的痛楚？你无法想象那种悲伤到底有多深。

“可能是我没有解释清楚，我是想说，卢恩裕她并不是无视雅岚。是因为妈妈去世之后，她好像患上了社交恐惧症。”

“多贤，你要是不了解情况的话就什么都别说。不只是因为那件事，卢恩裕她爸爸不是上过一些节目嘛，所以孩子们都想找她要签名，但她还是不予理睬。还有更过分的你知道吗？我问她上过江南的哪一所补习学院，她竟然说自己没上过补习班。这像话吗？这是什么大不了的事情吗？她居然还撒谎不告诉我！”

“那也有可能是她真的没上过补习班呢，我听说她现在也没去上补习班，只是有需要的时候会听一听网课。”

“我才不相信！喂，你现在是站在谁这边的？什么没上过补习班，那全都是胡说八道，这都是她们为了排挤竞争者而耍的手段。这个世界上我最讨厌的就是用这种花招骗人的孩子。因为自己很厉害就无视别人的孩子，真的是完全、非常让人讨厌地起鸡皮疙瘩。”

我没想到雪娥会这么愤怒，看起来她对恩裕的怨恨并不比雅岚少。

“是吗？那我不太清楚呢。对了，雪娥！那部网络漫画《心脏轰炸》的第 26 回更新了，你看了吗？”

我不得不赶紧转移话题。感觉我越是帮恩裕解释，误会就会变得越深。不过关于网络漫画的话题我们也没能聊太久，雪娥的心情好像一直都不太好。我们聊了一会儿就尴尬地将电话挂断了。

为了确定恩裕的爸爸是不是厉害到要让大家去要签名的程度，我特意去网上搜索了一下。我在 SNS 上搜索到了恩裕爸爸的名字，她爸爸是连知名门户网站都能搜索到的非常有名的律师。而且从媒体报道和 SNS 上发布的文章来看，他似乎是因为参加广播教育和新闻咨询节目而名声大噪。据说最近 podcast 播客上也有他的节目了，他还免费为那些有困难的人辩护。

我现在忽然觉得很混乱。如果是以前的话，我一定会选择相信雪娥所说的。每当大家说起卢恩裕的时候，我都觉得这其中是有什么不知道的真正理由。但现在我却没法确定了。是因为这期间恩裕变了，还是因为真相一直都被隐藏着呢？

Chapter 09
误会

第二天一大早就开始下雨。我走进了那条有小型连排房和小教堂的巷子里，下雨天最适合走在这样幽静的小路上了，也不必担心汽车开过时溅起的泥水。喝饱了水的树木绿得发亮，经历了一阵风吹雨打，白色的樱花花瓣也簌簌地掉了下来。

“嗯？金多贤！又见面了呢。喂！你说咱们这样下去该不会在一起吧？”

金时厚在我的身后大声喊叫。

“啊！真是的！别一大清早就在这里胡说八道的。”

看到我发脾气的样子，时厚咯咯地笑了起来。

“不过你是怎么知道这条路的？走到这里都能遇见你。”我问道。

“还有人不知道这条路吗？”

“对呀！”

“我昨天去社区的集体食堂里吃了晚饭。我不喜欢豆腐、豆子之类的食物，但是集体食堂做的炖豆腐真的很好吃，你什么时候也可以去试试。”

“社区集体食堂？”

“我要写关于社区公社的报道呀，你这么快就忘了吗？”

“啊！对了，你不是还说要写饭店的报道吗？我今天也要去采访。不过，时厚啊，看起来只有咱们小组在这么积极地筹备社区报纸，其他小组对这个课题都毫不在乎的样子。”

“这有什么关系，我们只要做好自己的就可以了。其实我妈妈也是社区集体食堂的创办者之一，她是那种凡事都要参与其中才会感到过瘾的实干家，简直就是个精力满满的活力源泉。我要是能考上那种私立高中的话，我妈妈说不定会在咱们社区里拉一条横幅呢。恩裕的爸爸也是食堂的创始成员。”

“是吗？恩裕的爸爸？”

“嗯。”

不知不觉我们已经走到了大路上。人行横道的对面，学校的围栏上悬挂着学校专用的警察系统宣传横幅。

“不过我听说恩裕她爸爸想要参选议员是吗？”

说话间信号灯变了颜色，我们一起走过了人行横道。

“什么？这种事情我还是第一次听说。如果是我妈妈的话就说不准了，她以后说不定会去参选区议员呢。”

“我听到有传闻说恩裕的爸爸想要当议员，说他搬到咱们社区也是为了得到公推。”

Chapter 09
误会

说话间我们俩已经走进了学校大门，每挪动一次脚步，被雨淋湿的运动鞋就都会发出“扑哧扑哧”的声音。

“嗯，我也不太清楚，我倒是没听说他在政治上有什么意图。”

时厚说道。玄关处挤满了吵吵闹闹的孩子，我们两个人抖了抖滴答着水的雨伞，缓缓爬上了去往教室方向的楼梯。

“等一下，恩裕爸爸不是会免费帮助家庭困难的人辩护吗？像这样做好事的话，肯定会有人觉得他是别有用心的。恩裕他们家搬来我们社区，不是因为事业受挫，也不是为了得到公推。你也知道他们是在恩裕妈妈去世之后搬来的吧？这里就是恩裕爸爸的故乡，她姑姑也住在这个社区里。”

时厚在楼梯中间停下了脚步，我也跟着停了下来和他并排站着。其他班的学生们从旁边呼啦啦地跑了上去。

“你不要太讨厌恩裕。”

时厚莫名其妙地说了这么一句，吓了我一跳。

“我不讨厌恩裕。”我用很轻的声音回答道。

“那真是万幸，不过你和宋雅岚很熟对吧？”

时厚轻轻地看了我一眼，我点了点头没有出声。

“我也不好意思骂你的朋友，哎哟，不说了。不行，我还是得说。宋雅岚去年一直追在恩裕的屁股后面，大概是想要亲近恩裕吧。我也想和恩裕亲近起来，她长得不像我们这个年纪的孩子，感觉她身上有很多值得学习的地方。但恩裕这个人怎么说呢，让人有点难以亲近。能看出来宋雅岚让恩裕感到有负担。她一直贴着恩裕，后来因为恩裕始终没有回应她，她就翻脸转而开始诋毁恩裕，每次看到恩裕都会骂她……多贤你也在背后说过恩裕吗？”时厚问道。

我什么话也说不出。毕竟我那时的确和她们一起骂过恩裕，但是我最近没有说过，我已经没法再说出那样的话了。

说到这里我们就结束了谈话，时厚进了教室，我上了二楼。此时郑玹雨的班里只有几个学生，我正在考虑是等到休息时间再来，还是在这里继续等待的时候，遇到了和朋友们一起上楼的他。

“哦？金多贤！你怎么在这儿？是在等我吗？”他漫不经心地说道，不知为什么听起来像是不太欢迎我的样子。

“我是为了制作社区报纸来找你采访的，之前不是说了要写眼镜捐赠的活动嘛。”

Chapter 09
误会

听了我的话他却露出了笑容，牙齿整齐洁白。他默默地伸出手来，我还没有搞懂他的意思。

“手机！”他提醒说道。

我连忙从口袋里拿出手机递给他，他在手机上按下了自己的电话号码后，笑眯眯地将手机还给了我。我觉得脸烧得火辣辣的，心脏像是着了火一样。我们约好中午在音乐厅门口见面，之后我马不停蹄大步走向走廊的尽头，心“扑通扑通”直跳。我小心翼翼地拿出手机将他的号码存起来，为了显得酷一点我备注了郑玹雨的全名。

回到教室的时候班主任已经来了，我赶忙回到自己的座位上。雅岚回头看了看我，我也稍微抬了抬手向她示意。

窗外一直在下雨，外面就像是进入了童话世界一样朦朦胧胧。

整个一节课我一直精神恍惚，我到底是怎么了？雅岚又回过头来看了我一眼。我有点纳闷，她是怎么了？我脸上沾了什么东西吗？

到了课间休息的时候，雅岚和炳熙用眼神示意我出去。我雀跃地跟着她们一起去了走廊。

“咱们中午吃完饭后一起见见面吧。”雅岚说道 。

“为什么？”

“为什么？我们之间还需要问为什么吗？”雅岚笑了，学着我反问道。

没错，我问了“为什么”。雅岚啊！我大概是疯了。刚才那句话不是我说的，我的精神现在已经离家出走了。

炳熙解释道：“米素马上就要过生日了，我们准备期中考试结束之后为她举办一场派对。所以打算中午见面一起聊聊这件事，和雪娥一起。”

“我中午有约会。”这句话条件反射似的冲口而出。那可不是一般的约会，是非常重要的约会。但是说完之后我就意识到了自己说错话了。不是这样的，为什么今天的对话总是这么不顺利呢？

“我中午约好了去做社区报纸的采访。怎么办？要不然大家约定好时间之后告诉我？”我好不容易才缓过神来说，想挽救一下。

一瞬间雅岚冰冷的表情像刀刃一样刺入我的眼中。

啊！我又做错了。

“对了！我早点结束采访不就行了。我可以早点结束采访，一结束后我就马上过去找你们。”

我又这样说道，然后一个人“扑哧”笑了，炳熙也跟着笑了起来。

午饭时间我的心狂跳了起来，我只盛了平时一半量的饭菜在餐盘里。狼吞虎咽吃光了饭菜，我又迅速跑去卫生间，刷了牙，用吸油纸擦了脸，梳理好头发，确认没有啥问题之后，就奔向了音乐室。

我站在走廊上，大约过了一分钟，郑玹雨就来了。

“来，给你！”

他一来就递给了我一本小册子，这是介绍“请拥抱我”活动的宣传册。

“周一的时候拍几张活动的照片，然后参考这个来写报道就行了吧？”他指着宣传册说道。

这就结束了吗？我有点没反应过来。一种懊恼的情绪涌上心头，我应该准备一些问题的。

啊！我好傻！我是全天下最傻的傻子！

这时，有两个女孩和一个男孩向我们走来。看样子他们是来找郑玹雨的，几个人直勾勾地看着我。

“我们要去练习舞蹈，是为实践学习准备的才艺展示。”

他和几个人热情地打了招呼。

“嗯，嗯，好的。”我强装镇定地说道，然后率先转过身来。

这世界就是这样让人觉得无力。我原本计划先和他聊一聊眼镜捐赠活动的事情，然后再约他见一次面。这样一来，下课之后我们就可以一起去炒年糕店。吃炒年糕的时候我就拿出耳机送给他。他应该会问“这是什么呀”，我就告诉他这是送给他的礼物！之前我看到他戴着一个没有橡胶套的耳机，就想着找机会送一副新耳机给他。可是一切都被我搞砸了，我的心灰暗到极点。

一级台阶又一级台阶，我就这样走回了现实之中。

雨后的操场静悄悄的，鸟儿们穿过晴朗的天空飞走了。雅岚、炳熙、雪娥站在那边的看台上，我步履蹒跚地向她们走去。

雪娥最先看到了我，我朝她挥了挥手，她也跟着向我挥了挥手。虽然间隔并不太远，但朋友们之间的气氛却显得有些微妙。雅岚和炳熙看着我的表情耐人寻味，雪娥的脸上也挂着略显僵硬的微笑。

Chapter 09
误会

这是什么情况？她们是在讨论我吗？

我忽然想起来，雪娥可能把恩裕的事情告诉她们了，而且是从并不友好的角度去说的。我感觉应该是这样。

Chapter 10

生日派对

那个让我引以为豪的、梦幻般的五指团聊天群中，根本没有我的位置，或许从一开始就没有过。

期中考试结束的第二天，我们班去了首尔大公园进行实践学习。那天的雾霾十分严重。

早晨坐大巴车的时候我看见了郑玹雨，他们班去了景福宫。他的耳朵上戴着一副新耳机，和他平时用的耳机不同的是，这根耳机线是红色的。我给他买的耳机还在包里没能送出去，没想到他这么快就买了新耳机，我顿时觉得心中空落落的。

最让人郁闷的是大巴车的座位安排。雅岚和炳熙坐在一起，这是我意料之中的。我们之间隔着走道，我原本想坐在她们旁边位置上的，但那个座位被其他同学占去了。时厚因为有话要和恩裕说，所以他们两个坐在了一起，我只能和海江一起坐在了后面。

海江平时是个还挺有趣的男生，但是今天我心情很差，只觉得眼前的他啰唆个没完，哪怕只和他聊五分钟都会很烦躁。

“你知道大象为什么叫大象吗？”

怎么办！他为什么会好奇这个？

“那是因为它的鼻子很长，所以叫它大象[④]。要是它的眼睛大的话，应该会被称为大眼睛吧？要是嘴巴大的话，会不会叫大嘴巴？”

说完这些后，海江一个人“咯咯”地笑了起来，而我却无语得快要死掉了。

“我们房东家里有只叫赵末九的狗，它姓赵，叫末九。末九的原名叫马尔科，以前我就总把马尔科叫末九。它的眼睛像这样往下垂着，长得十分和善。它还很聪明，人说的话它全部都能听懂。”

④ 利用韩语中字词同音或近音的条件，用同音或近音字来代替本字，属于一个韩语的谐音，大象的韩语是“코끼리”“코”是鼻子，“눈”是眼睛，“입”是嘴的意思。所以这里衍生出“눈끼리”，“입끼리”的词汇。

他到底为什么要和我说这些呢？难道我还需要知道你房东家狗的名字吗？还没等到我送出礼物，郑玹雨就买了新耳机。再加上大巴车现在的座位安排，我感觉自己太不顺了，头都快要炸了，不由得叹了一口气。我不想听海江说话，所以戴上耳机开始听音乐。

“不过前不久发生了一场交通事故。房东奶奶去了一趟便利店，回来的时候就看到末九倒在地上。当时是凌晨没有目击者，肇事司机就逃逸了。真是个大坏蛋。奶奶哭着说，偏偏就是那天出门散步没有系狗链。”

海江激动地说着，语气里充满了忧虑和愤怒。

“交通事故”“肇事逃逸”这些词语深深地刺入了我的脑海中，我把耳机摘下来了。

“……狗狗现在怎么样了？”

“在医院里。”

海江闷闷不乐地说道。交通事故、肇事逃逸，这些单词在我的词典中承载了太多的痛苦。我一想到狗狗痛苦地倒在地上的场景，心脏都好像要麻痹了。啊！海江这家伙！他到底为什么要对我说这些话？我感觉眼前乱糟糟的，什么都不想思考，所以重新戴上耳机将音量调大。

海江也慢慢转过头看向窗外，默不作声。

到了首尔大公园里也是一样，只有雅岚和炳熙两个人在说话。虽然我们三个人是一起去吃的午饭，但我像是个隐形人。

我非常努力地想要插话，一会儿称赞雅岚的裙子很漂亮，一会儿又说炳熙的便当很好吃，但她们并没有对我做出什么回应。她们两人甚至连碰都没有碰过我的盒饭。

一种憋闷的感觉笼罩着我。

不过我还是能够坚持下来，因为周六是米素的生日派对。以前也有过这样的时候，我的心像是坐过山车忽上忽下的，但我们最后还是和好了。她们两个人看起来只是像是有很多话要说，我这样自我安慰着。

返回的大巴上大家的座位也还是差不多。我仍旧在听音乐，海江大概是累了，上车没多久就睡着了。大约下午五点的时候，我们在学校前的十字路口下了车。

雅岚和炳熙头也不回地进了小区。

我一个人磕磕绊绊地走在路上，感觉浑身都是瘫软的。因为雾霾，我一直在打喷嚏，那些公寓墙壁上种植的丁香树上散发出的浓烈花香，也是“罪魁祸首”之一。

我正准备穿过园区走向图书室的大楼时，看见了独自走着的海江。不知道是不是因为末九，他的肩膀全都耷拉了下来。我朝他跑了过去。

“海江！这个！”

我气喘吁吁地从包里拿出盒子递给了他。

“这是什么？”

“没什么！”

海江听了我的话笑了起来，他当场拆开了包装。

“天啊！谢谢。我之前的耳机坏掉了，所以很久都没有戴过耳机了。哇！太感谢你了！”

海江的声音比平时高了一个八度。刚刚大巴车上的事情一直让我觉得过意不去，还好他喜欢。

“有什么好谢的，这是我在来的路上捡到的。”我开玩笑地说道。

他拿出手机将耳机插上，“听得很清楚呢。”

听他这么说，我的心情也好了不少。

星期五一下课我就去了妈妈的店里。

Chapter 10
生日派对

我家的乌冬面店是自助式的。一般我在的时候，在点单时都会将水拿给客人，但是在平时水、腌萝卜还有泡菜都是客人自己去拿的。妈妈一到店里就开始准备肉汤和乌冬面的面团，做好这些之后，这一天的营业准备工作就完成了。客人来了之后，只要将面团放进机器里，再把压出的面条拿出来煮就可以了。打工的阿姨只有晚上才来店里。

妈妈负责将乌冬面捞出，淋上汤汁，然后再将紫菜碎、油豆腐、茼蒿面码放在上面。而我要做的就是把乌冬面碗装进托盘然后端给客人们。不知道为什么，周五店里来了很多客人，有不少人进店之后看到桌子前都坐满了人就走了。我还看到不少穿着登山服的人在外面等待排号。

一轮客人走后，我说道："哎哟！我的胳膊、腿、肩和腰啊。客人再这样来两轮的话，我的身体可要吃不消了。"

"少装模作样的。你才接待了一轮，妈妈都坚持了十多轮了吧？"

妈妈一边笑着一边用抹布擦着桌子，店里静静地播放着埃尔加的《爱的问候》。

六点钟来打工的阿姨一上班我就从店里出来了，出门的时候妈妈给了我三万韩币。每当我去店里帮忙干活，妈妈就会意识到我没有零用钱了。这次是因为要给米素买生日礼物，零用钱有点不够用。

我穿过地下通道，从拥挤的购物中心的出口走出来。此时的我在为挑选礼物的事情苦恼着，护手霜、日记本、小镜子等。经过一番挑选之后我终于买下了一本诗集，我很喜欢封面上鲸鱼飞向天空的图案。

我原本想要买一本日记本附带写一张贺卡的，但我实在是不太了解米素的喜好。这样看来，我好像一次也没有和米素单独交谈过。

第二天我迟到了十分钟才到汉堡店里。洗澡、吹头发、一套又一套地搭配衣服，所以出门有点晚了。虽然是上午，但汉堡店的客人还是很多。我走上楼梯来到二楼，朋友们坐在窗户边上，米素看见了我，朝我挥了挥手。

我大步地走向那个位置，就在这时我发现了一件令人吃惊的事情，米素的旁边坐着黄孝贞。

“欢迎光临！对了！打个招呼吧。这是我在学院的朋友，是我叫她来的。你认识她吧，四班的孝贞。”米素热情地说道。

Chapter 10
生日派对

就像是一颗炸弹落在了我的头上一样。这到底是什么情况？我敷衍地和黄孝贞打了个招呼，她也面带微笑地和我打了个招呼。

更奇怪的是在这之后，她们几个毫无芥蒂地和黄孝贞打成了一片。不管她说什么大家都会哈哈大笑，特别是米素，像是和她很亲近似的，时常挽着她的胳膊。

“人到齐了咱们就开始点餐吧。”米素说道。

她记下了每个人想要点的食物，对我说道：“一起去吧。”

是啊，就属我最好欺负的吧。她们也不想让新朋友孝贞做这种事吧。跑腿去拿汉堡，跑腿去拿可乐，我是专门来给大家跑腿的吗？

我和米素一起走下楼去，点完餐之后我就一直呆呆地看着其他的客人，直到食物上桌为止。

取餐的振动铃响了起来，米素和我把吸管和餐巾纸装在托盘里一起拿到了二楼。不知道她们在聊些什么，总之大家都笑着看向黄孝贞。我们把托盘放在桌子上之后，雪娥打开了放在自己旁边的小蛋糕。大家点燃蜡烛唱起了生日歌。歌声结束米素吹灭了蜡烛，我们也熟练地鼓起掌来。

在吃汉堡之前，大家都将各自准备好的礼物送给了米素。她们送出了环保购物袋、充电宝、美甲贴。

黄孝贞送给了米素一个四方的盒子。

“这是什么呀？”米素充满期待地问道。

“是镜子。”黄孝贞打开包装说道。

“哇！我超喜欢！”

我也小心翼翼地递上了诗集。

“我不看书的啊。”米素看着我开玩笑似的说道。

“这是诗集。”我强调说。我的意思是像这种简短的内容读起来很方便。

“不论是诗集还是什么，我一看书就犯困。”米素坦率地说。

她应该并不是为了伤害我而故意这么说的。不知道是不是因为选错了礼物，我感到有一些难过。

这时雅岚说：“用来垫拉面锅不就行了嘛。”像是在开玩笑似的，米素“扑哧”一下笑了出来。

“不要，我就趁这个机会读点诗吧。多贤！谢谢你的礼物。”

米素将诗集放进包里。今天点的汉堡不太好吃，新上市的饮料喝起来酸溜溜的。就像是喉咙里卡了什么东西一样，我心里一直不是滋味。

“去年生日我不是和妈妈一起过的吗？我们去了蜡像展，吃了比萨，简直就像是自制训练。”黄孝贞爽朗地说道。

“没错，和妈妈一起过生日没什么意思。”米素跟着附和道。

朋友们集体哈哈大笑起来，这种话到底有什么好笑的。

我用尽全力想要和笑得前仰后合的雪娥对视，但此刻雪娥的眼里似乎也只有黄孝贞。

“等我上了大学以后，一定要租一间酒店来开生日派对。叫很多的朋友一起来参加，还要在天花板上挂满气球，还得喝红酒。我那时候应该也有帅气的男朋友了吧？”黄孝贞像是在做梦一样憧憬着说。

此刻的她就像是偶像明星，而其他女孩则是演播大厅里的观众。不论她说什么她们都会跟着笑，或者随声附和，真诚地予以回应。而我就是一位没有感情的观看嘉宾，只是小口小口地喝着饮料。

“孝贞你现在没有男朋友吗？”雅岚问道。

黄孝贞一边笑着一边轻轻地摇了摇头。

“没有啊？也对，要在那么多男孩子中做出选择，确实不是一件容易的事情。听说你制作了一个喜欢自己的男孩清单是吗？有多少人呀？”雅岚又问道。

“谁说的？我可没制作清单。”

“就算如此，喜欢你的男生们还是有很多的嘛。光是咱们学校就有多少人？”

“不知道，大概有五个吧？”黄孝贞笑着回答。

“只有五个人吗？我觉得应该是这个的两倍。”

这句话是雪娥说的。

“没有啊，其实我不是那么有人气。就算是现在喜欢我，那股热情之后也会以光速消散的，大家现在已经对我有点腻了呢。”

她又笑了起来，似乎很享受这种话题。

“广播班的郑玹雨怎么样？他还喜欢你吗？”雅岚问道。

在说话的同时她好像偷偷看了我一眼。这不是错觉，她是真的看了我一眼，就在提到郑玹雨的时候。

“玹雨？哎，什么……”

黄孝贞说得含糊不清，好像和郑玹雨之间有着很多故事一样。

Chapter 10
生日派对

“说说看！说说看！什么啊？你和他是怎么回事？难道你的男朋友是玹雨吗？”雪娥调皮地问道。

我凝视着雪娥，她是知道我暗恋郑玹雨的，但是从刚才开始，她就一次也没有看过我。

“不是的！不是玹雨。”

黄孝贞一边摆手一边笑着，大家也跟着她笑了起来。

是我太过敏感了吗？难道我希望五指团的成员就这样坚守到死吗？当然也可以有新的朋友加入啊。那位朋友也可以是在“讨人厌”大奖中排名第一的人。人生在世一开始不喜欢某个人，之后自然也有可能喜欢上那个人。而且黄孝贞确实也可以和郑玹雨交往啊。我的朋友们肯定不是为了欺负我才这样做的。

我努力这样想着，但我的心却似乎并不认同我的想法，一直憋闷得厉害。

那天，黄孝贞被邀请加入了我们的聊天群。那个曾经一整天都不会有什么消息的聊天群，在最近变得活跃了起来。

——学校主页上那张孝贞的照片是什么演出吗？ 上午 9:15

——呀！雅岚你起得好早啊！周日不是应该睡到 12 点吗？ 上午 10:51

——我已经从教会回来了。上午 10:55

——这么快？上午 10:55

——我一大早就去了。上午 10:56

——原来是在说我啊？你是说玩躲避球的那张照片吧？那不是什么演出，是上体育课啦。上午 10:58

——是吗？看起来像画报一样。拍马屁中，嘿嘿 。上午 10:59

——什么画报？ 上午 10:59

——不过你真的要和玹雨交往吗？ 上午 11:03

——？？？？哈哈哈 我也不知道。嘿嘿。上午 11:05

—— 在一起，在一起 。上午 11:07

—— 交往吧，交往之后再甩了他不就行了嘛。 上午 11:08

—— 我赞成这对情侣。上午 11:08

—— 哈哈哈哈。 上午 11:09

我很想插话，却无话可说。那些拼写错误的“在一起”真是令人反感。雪娥说的那句“交往之后再甩了”的话也着实让我感到震惊。这还是我认识的雪娥吗？能够轻描淡写地说那种话真是让人无法理解。

我只能静静地看着她们的对话。那个让我引以为豪的、梦幻般的五指团聊天群中，根本没有我的位置，或许从一开始就没有过。

不知不觉间，五月已经到来了。

“儿童节咱们家的店也要休息，一起去百货商店吧？我们也出去假装自己还是小孩子，再买一双运动鞋，怎么样？”早上出门时，妈妈在身后说道。

我觉得这一切都很麻烦：“我那天有约会。”

上学的路上我又遇见了时厚，他仍然在我的身边吵个不停。

“现在有些学生都已经在穿夏装了，你还穿着外套不觉得热吗？不用穿外套，只穿马甲就行。对了！我的报道快写完了，到时候在编辑会议上给你看看。”

他实在是太吵了，我想当场就躺倒在地上。

“时厚！我要回家一趟，你先走吧。”

我转过头甩开了他，在巷子里转来转去。走在建着联排房和别墅的狭窄小巷中，我的脑子里冒出了许多的问题。

我真的很好奇，米素怎么突然就和黄孝贞变得那么亲近？朋友们又是怎么接纳她的呢？为什么会发生那样的事呢？为什么只有我什么都不知道？

紧接着又是一连串的问题冒了出来。既然她们能和黄孝贞搞好关系，又为什么那么讨厌我和卢恩裕一起做课题呢？为什么我总觉得黄孝贞和郑玹雨之间怪怪的？是因为我太过自卑了吗？

黄孝贞的脸总是浮现在我的眼前，她笑起来的样子，那大大的眼睛，额头上的碎发。就算是这样我也要记得她是最厌恶市民奖的第一名，只要我够努力就能轻而易举地找出她的缺点。

只是，我的内心却并没打算朝这个方向努力。无论怎么都异常自信的黄孝贞，不论怎么看都觉得很帅气。她能够无所顾虑地投入到足球比赛中，还可以毫不掩饰地说出“大家已经看腻我了”，谁会不喜欢这样的女生呢。

所以我的朋友们才会向她投降的吧，毕竟不管谁看到她都会觉得很有魅力，因为这样大家才会想要亲近她的吧。只要从心底消除对她的嫉妒就可以了。而且黄孝贞加入我们组合的话，组合整体的档次也会一起提高的。啊！这还是我的组合吗？我现在还算是五指团的成员吗？我的脑中乱成一片。

这时，校服裙兜里响起了喧闹的振动声。

“喂！”

“多贤！你在哪里？为什么没来学校？刚才时厚说看到你了，你现在在哪里？”班主任急切地问道。

他不会以为我被绑架了吧？像是被吓到了一样。

“对不起，我忘记给您打电话了。我肚子很疼，还有一些腹泻，大概不能去学校了，真是对不起。”

“是吗？是肠炎吗？哎呀，你怎么搞的。好吧，我知道了。对了，你别忘了去医院开假条。好好调理身体，明天见。不，明天看看情况再联系我。”

真是神奇啊，我这种反应能力到底是从哪里来的呢？不过说谎之后，我的肚子真的有些疼了，于是急忙向家里跑去。

Chapter 11

像树木一样

我们都是像树木一样独立的人。如果是好朋友的话，那就应该做彼此的阳光，为对方吹起习习微风。我们作为树木独自成长会对彼此都有所帮助。

我真的生病了，因为肠炎还请了两天假，这几天哪怕只是喝粥都会拉肚子。到了晚上我也睡不着觉，总是睡了一小会儿马上就会醒来。还真是不能随便撒谎说自己生病了，报应来得太快了。昏暗的凌晨，我无精打采地坐在床上，已经分不清眼前的一切到底是现实还是梦境。即便是我请假没有去学校，雅岚和炳熙也没有给我发过任何信息，五指团的聊天群里也没有人问我身体怎么样，她们几个仍旧聊得热火朝天。我大概是真的，被抛弃了吧？

上学的前一天，我问妈妈自己能不能转学。

“怎么了？发生什么事情了？有谁欺负你吗？”妈妈吃惊地问道。

她并不知道我生病的真正原因，以为我是因为吃了学校门口卖的鸡爪才得的肠炎。

“没有！我开玩笑的，就是想上其他的学校。有些学校的校服不是很漂亮嘛，我们学校的校服太难看了。”看着妈妈着急的模样，想说的话我又忍了回去。

妈妈听完整个人都放松下来，调皮地冲我笑了笑，“上高中以后也会有新校服穿的，我们多贤就再忍一年半吧。上高中以后就会迎来美好的人生了，紧张刺激的高考地狱即将向你敞开大门，敬请期待吧。”

我也被她诙谐的样子逗笑了，母女二人笑作一团。

不知道是不是因为这两天瘦了，裙子穿起来松松垮垮的。到学校后，我发现没来的这几天调换了座位。我终于换同桌了吗？新同桌是个女生，我甚至都不知道她是我们班的同学。

恩裕、海江、时厚分别坐在前排靠窗的座位上。而雅岚和炳熙一前一后地坐着，我的心里有一些难受。向来如此，老天一次都没有站在我这边过。

“你生病了吗？”海江走到我的座位前问道。

虽然只是一句简单的问候，但我听到之后鼻尖都酸了起来，强忍住要流出的眼泪。

上课期间我就像是一粒灰尘一样坐在那里，恍惚间觉得自己不应该在这里。课间休息的时候，我从教室走出去时和雅岚、炳熙对视了一眼，是那种让人难以捉摸的眼神，不知道她们是在打招呼还是在回避。

今天的午餐是炸猪排，这让我食欲大增。

“你儿童节有时间吗？我想让大家来家里开编辑讨论会，可以吗？”吃饭的时候，恩裕走到我跟前说道。

“知道了。”

听到我的回答之后，恩裕仍旧没有回到自己的座位，而是就那样呆呆地看着我。我有些气恼，拿起勺子问道：“看我干什么？是不是因为我太漂亮了？”

我突然冒出了这句气话，却逗得恩裕咯咯地笑了起来。

“不，看到你吃饭的样子，我觉得很开心。你现在好点了吧？”

听到恩裕的话我的鼻子又酸了。这时，时厚走了过来，看了一眼恩裕又看了我问道：“多贤能去吗？”

我俩都看着他点了点头。

“那我们儿童节 11 点，在恩裕家里见吧。对了！我吃完饭后要去整理牛奶盒，我不想一个人去，你们谁能和我一起去吗？”时厚环视着我们说道。

“啊！多贤啊，你不是要去交医院的认证假条吗？我还要去教务室，咱们一起去吧。”

说罢，他就一直盯着我看。我虽然觉得有点麻烦，但想到反正也要去教务室，就同意了。

我们一起拿着牛奶盒下楼梯时，时厚突然问道：“你志愿服务的分数是多少啊？”

“我也不知道，看来你是真的要去私立高中了，还要参加志愿服务。”

我的话让时厚长叹了一口气。

“私立高中怕是已经泡汤了！”

“怎么了？为什么去不了了？”

“我这次期中考试韩语考砸了，错了两道论述题、一道客观题。啊！真是太烦了。不过我听说这次客观题的第 7 题好像是有两个正确答案，所以我想去教务室看看。”

时厚话里的绝望就像是云朵一样四散开来，让我也很郁闷。我想要安慰他点儿什么，但又不知道说什么好。

“你也别太担心了，期末的时候好好考就行了。”

“哎呀，就算我的阶段性评价满分，期末考试全部拿满分，也没法挽回这次的成绩。我数学也错了一道题，英语答得一塌糊涂。”

时厚看着我苦涩地笑了，笑容的背后透露出满满的忧愁。太可怜了，因为错了几个题目，就让一个活泼的男孩子变成这样，到底是为什么呀？为什么有这么多的烦恼呀？我实在是不能理解。

将牛奶盒放回去以后，我和时厚去了教务室。提交完认证假条后我就走出了教务室，出门后我又回头向里面看了一眼，时厚还在表情严肃地和老师说着什么。

我有点心烦意乱，就想去操场上散散步。晴朗的天空中飘着云彩，是久违的好天气。我从校服口袋里拿出手机拍了几张天空的照片，如果能够像云彩一样无拘无束地飘浮着该有多好啊。

拍完照片，我走到洗手池边想洗洗脸，打开了水龙头，冰冷的水哗哗地流了下来。伸手接水的时候，我突然担心碰了凉水之后又会腹泻，就索性关上了水龙头。我很害怕有人会看到自己现在的样子，一个在操场上独自徘徊的女生，会让人觉得可怜吗？别人会怎么评价我呢？早知道我就戴着耳机出来了。被大家暗暗排斥的这段时间让我意识到，独自一人听音乐的女孩子，有时候会让人觉得很酷的。

不知道从哪里飘来了花的香气，我将目光投向了紫色花朵绽放的藤条长椅上，紧接着坐在长椅上的学生们映入眼帘。原来是我的朋友们，黄孝贞坐在米素的旁边，雅岚、炳熙还有雪娥坐在她们对面的长椅上。我脸上火辣辣的，心跳也开始加速。怎么办？我下意识地想躲开她们的视线，但是我们双方已经看到彼此了。

1秒，2秒，她们立刻收回了视线，相互之间说了些什么。雪娥又看了我一眼。她是在看着我笑吗？我不知道，但她们没有招手让我过去。犹豫了半天，我还是走了过去，我还是想亲自确认一下，是不是真的失去了这些珍贵的朋友，万一这只是一场误会呢？今天我一定要搞清楚自己的想法，是不管有没有被朋友们排挤，都仍旧愿意卑躬屈膝地陪在她们身边，还是接受再次被孤立的事实。

我走过去时，米素、炳熙、黄孝贞都悄悄地看着我，雅岚始终装作没看见我。雪娥尴尬地笑着说道：“坐这儿吧。”

对面的米素和黄孝贞从刚才开始就像是被固定在座位上一样，根本没有留空位给我，那个三人座的长椅上也没有我能坐的地方，就像是这个曾经的五指团，早已没有我的位置了。我只好一直站在那里。

“那我们就预定一点的吧，早上的电影实在是有点勉强。”

“就是嘛。”

“那炳熙你来预定吧？你不是有优惠券嘛。”

“好的，我来订票，见面那天你们再把钱给我吧。但是我不知道儿童节能不能用优惠券。如果不行的话我就在聊天群里告诉大家。”炳熙说道。

现在轮到炳熙做这种事情了，在这之前一直是我担当这样的角色。大概是觉得该说的话都说完了，雅岚猛地站了起来，其他人也陆续跟着起身离开了。她们都往教室的方向走去，只有我还站在原地。

“我们要去看电影，你知道的吧？”临走之前雪娥对我说道。

知道，我怎么会不知道呢？这两天聊天群里不一直在聊看电影的事情嘛。难道还要让我感谢她们没有抛弃我重新建一个聊天群吗？又或者，她们早就重新建了一个群，只是那个群里，没有我。

虽然我心里是这样想的，但并没有说出口，然后往她们相反的方向走去。

午休时间还很充裕，剩下的时间我一个人该去做什么呢？到哪儿去呢？不管怎么说也还是春天呢，凄凉的春天。

儿童节那天我睡懒觉起来的时候，妈妈已经出门了。妈妈和她的老朋友慈庆阿姨一起去了扶余，她们要去申东烨文学馆，还要去白马江上坐船。

我忽然想起来还要洗衣服。今天妈妈出门早，我得去把衣服洗了。楼下房东家的儿子现在正在读高三，所以凌晨不能开洗衣机。

我到多功能室一看，衣服已经被洗得干干净净晾晒在衣架上了。妈妈是手洗过衣服以后才出去的，因为洗衣机转动的声音总是平白无故地被房东唠叨，所以她心里有一些介意。

——我本来想洗衣服的，没想到妈妈都洗好了。对不起，不孝女。

上午 10:13

我给妈妈发了短信，她很快就回复了我：

——只有几件 T 恤和几双袜子，我洗澡的时候顺手就洗完了。没关系，祝你今天愉快。上午 10:14

餐桌上摆着紫菜包饭。妈妈到底是几点起床的，怎么又包了紫菜饭又洗了衣服呢？反正她是个了不起的妈妈。她做了很多紫菜包饭，我只抓了两块来吃，将剩下的包进铝箔纸里。

开窗换气、洗澡、用吸尘器打扫了房间之后我就出门了。按约定的时间到了恩裕家，大家也都已经到了。恩裕说她爸爸因为工作多，所以去办公室上班了。时厚和海江穿着运动服坐在客厅里看电视。她们几个现在应该在电影院里见面了吧。不，别再想了。

我赶紧把紫菜包饭拿了出来。

“哇，我还是第一次吃到这么好吃的紫菜包饭。”

“我也是。多贤，你妈妈的手艺也太好了吧。”

大口吃着紫菜包饭，恩裕和海江连声赞叹道。

“我妈妈是开乌冬面店的呀，你们不知道吗？”

Chapter 11
像树木一样

听到我的话，大家都露出惊讶的表情。

“在哪里？店开在哪里呀？我们一起去吃吧。”

恩裕的反应最为积极，而且不像是随便说说的样子。不知道从什么时候开始，我们习惯了以编辑会议为由一起聚在恩裕家里吃东西、聊天。但时厚今天却一反常态地话很少，虽然他也吃了很多紫菜包饭，表情看起来也没有什么变化，但我还是有点担心。

沙发桌上摆放着恩裕写的报道，我也从包里拿出了“请拥抱我”的报道概要。

“对不起，我还没有写完。还有很多地方需要修改。”时厚说道。

“没关系，没关系。我也还在写呢，还有时间，马上写都来得及。”

海江拍了拍时厚的肩膀。

“韩语课上老师没有通过两个标准答案的提议，你没关系吗？”

我看着时厚小心翼翼地问道。恩裕和海江看着他的神色也变得紧张起来。

“没关系！我现在已经彻底放弃考私立高中了！心里舒服多了。”时厚说道。他不只是嘴上说说，脸上的表情也渐渐透露出轻松。

“仅仅是因为做错了几道题就要放弃吗？现在不是还剩下一年半的时间吗？”

“原本入学考试这种事情，就是会因为一两个问题而改变人生的。我把要放弃私立高中的想法和班主任说过了，现在再有多留恋也是于事无补了。”

“你父母怎么说呢？”恩裕问道。

“哇！真是的！完全同意！我这次真的更加尊重我的父母了。”

时厚的嗓门都提高了。

“我爸爸说没关系，爸爸平时不怎么说话，如果他说没关系，那样就真的是没关系了。但是你们知道我妈妈说了什么吗？”

他说到这里环顾了一下我们，“她说，哎呀，太好了！而且还点了炸鸡为我庆祝。她说我之前为了上私立高中，平时都在准备面试的事情，还要做好志愿工作，会因为一道试题而绞尽脑汁，简直是吃尽了苦头。所以现在我可以愉快地过初中生活了。”

“真是万幸啊，不过你妈妈也太帅了吧。”恩裕微笑着说道。

“我妈妈的恢复能力是不是很厉害？我真想学学她这种乐观的性格。不过恩裕你难道就没想过去私立高中吗？或者是特目高（韩国特殊目的高中），你最有能力去了啊。”时厚问恩裕。

“完全没有！我要上普通高中。这说来话长了，反正我肯定要上普通高中！”恩裕轻快地说道。

这时我看着时厚问道：“如果不去私立高中的话，你现在就不用太在意阶段性评价了，那咱们的社区报纸是不是就要泡汤了？”

“那可不行，我可是要成为记者的。你根本想象不到我有多大的梦想。虽然我今天没有带着报道来，但我已经写好了草稿。所以咱们一起认真做好社区报纸吧。”

“好吧！我们一起努力制作社区报纸，将优胜奖收入囊中，我只得过教会学校的全勤奖。”

时厚说罢，海江也跟着附和道。看着他们信誓旦旦的样子，恩裕和我也跟着笑了起来。

“我们抓紧时间先来研究一下，然后再吃东西吧。”恩裕拿起桌上的报道说。

她向我们展示了打印好的照片，里面还有她和我见面那天，在小区拍摄的照片和独立电影的电影画面截图，那里面竟然还有我的照片。

“嗯？这是你什么时候拍的？”我好奇地问道。

照片中是我的侧脸，好像是恩裕在我打开梳妆台抽屉的时候抓拍的。

“是我拍摄的时候太安静了吗？除了这个我还抓拍了另一张照片，为了留作纪念就把它打印出来了。这是我第一次去朋友家呢。”恩裕开心地说道。

“天哪！”

海江叫了起来。可能是因为海江的词汇量有限，感觉他随时都在说“天哪”。

“你之前都没有去过朋友家吗？”时厚也很惊讶。

“当然也不能算是生平第一次吧，上幼儿园的时候我去朋友家参加过她的生日派对。”

“为什么？！”

Chapter 11
像树木一样

“因为被孤立了。”恩裕的声音低了下来。

“天哪！”

“真的吗？那些孩子是不是嫉妒你啊？”

“不是嫉妒，是我自己不太适应，我小学三年级的时候去美国待了两年才回国的。”

“你去了美国吗？”

“我爸爸当法官的时候去那边进行研修，他回国之后，我和妈妈在那里多待了一年后才回来的。除了我，学校里还有其他从国外回来的孩子，但他们倒是适应得挺好的。只是我这个人没有什么社交能力，所以同学们都不喜欢我。”

“那你应该很伤心吧。”

“恩裕，你应该过得很辛苦吧，不会是因为这个才转到我们学校来的吧？”

“不，不是这样的。我不知道这种话听起来会不会很奇怪，我说的被‘孤立’，不是真的被孤立，是‘像被孤立’。大家并没有真的欺负我之类的，只是不怎么和我说话。慢慢地我觉得自己很委屈，但又不知道怎么解决，感觉很累，实在是太累了，让我想要逃跑。”

恩裕说到这里时微微地笑了一下。时厚和海江眼睛瞪得圆圆的，看着恩裕，似乎是很难想象这种情况，但是我却很能体会这样的感受。

“我和妈妈说过我想转学，说我想要回到美国去，或者转去其他的学校。但妈妈说，想让世界上的人都喜欢我是不可能的，即便是人气最高的艺人也有讨厌他的人。我觉得妈妈说的这些有道理，就慢慢尝试改变。”

说到这里，她语气开始变得轻快起来。“不是也没有全校学生都喜欢的人吗？所以我根本不用去在意那些不喜欢我的人。妈妈说，即使是将全部的精力都集中在喜欢我的人身上，人生也依旧是短暂的。”

“说起来很简单，但想要做到却很难。”时厚感慨道。

恩裕点了点头，“我读过很多的英文书，也听到过很多看似真诚的话语，但那又怎么样呢？就像妈妈说的那样，人生是很短暂的，不要浪费，然而想找到相处舒服的朋友也还是挺难的。我后来干脆就一门心思学习了。在那之后，不论大家讨厌我还是喜欢我，我都不在乎了。”

“天哪！我就算是死一次再活过来也做不到这样。”

海江摇了摇头，表示很佩服。

“我现在一个人也能过得很好，读书、看电影、游泳，我反倒不太喜欢一群人成群结队的，闹哄哄一片，所以也没什么可遗憾的。虽然一个人在家也有孤独的时候，但是很多作家和导演都是我珍贵的老师和朋友。”

“哇！我们大家正在听认真虫本虫在说话呢。”时厚打趣道。

虽然我知道他是在开玩笑，但是我却笑不出来，因为此时的我，正在面对这样的问题。

“总之我们都是像树木一样独立的人。如果是好朋友的话，那就应该做彼此的阳光，为对方吹起习习微风。我们作为树木独自成长会对彼此都有所帮助。像这样在做课题的时候，会遇到像你们一样的好朋友；参加志愿活动或者去社区食堂的时候，又会遇到其他帅气的朋友。这就够了。”

恩裕的话就像是从一位老者口中说出的一样，这时海江猛地举手问道：“等一下！我们是好朋友吗，在恩裕你看来？”

“不是吗？当然是好朋友啊。”恩裕含糊地笑了笑。

接着，她一边看着我们的眼色一边继续说道：“但是我这个人很难和某一个人变得亲近。但如果真的和谁成为朋友的话，我应该会一下子就变得有所防备吧？”

“为什么？为什么要有防备？别这样啊。”时厚和海江一脸不解。

“对啊，这就是‘自独’的气质吧。”

“自独？”

“自我独立的人。这是自发性的孤立吗？”时厚表情疑惑地问。

我完全理解她所说的话。

“当然，一直这样相处下去的话可能会变得不太一样，也会渐渐放下防备吧。我之前从不让朋友来家里，但是现在即便是你们来了我也觉得很舒服，我不是还去了多贤家吗？”恩裕这样说道，笑得很开心。

时厚提议如果肚子饿的话，可以收点钱大家一起点炸酱面吃。海江则说他自己没有钱，我的口袋里也只有两千韩币。于是恩裕把冷冻室里的比萨拿出来加热了。

“每次来都吃掉你家很多东西，怪不好意思的。”时厚撕下一块比萨说道。

“这有什么，这房子就我和爸爸两个人住，冰箱里吃的东西实在是太多了。姑姑总会拿菜和水果来，阿姨也是大手大脚的，每次去超市的时候都会买很多东西。我应该感谢你们帮我都处理掉了才是。”

恩裕想起来，又去拿来了橙汁、西红柿和饼干，桌子上摆满了吃的。真是个舒服的儿童节午后啊。

我们在客厅里唠唠叨叨地吃着各种美食，后来又去了恩裕的房间。海江一进房间就拿起了插在书架上的相册，这些照片里也包括和已经去世的恩裕妈妈一起拍的全家福、幼儿园时的照片，还有在她上美国学校时的照片等。

其中有一张照片引起了我们的注意。

“嗯？这张照片是什么？照片背景好像是壁画吧？这幅画像是游行的画面。”时厚说道。大家探头仔细研究起了这张照片，照片上还是小学生的恩裕身穿蓝色短袖 T 恤，和妈妈一起面对镜头露出了灿烂的笑容。壁画上有一些标语，我们都不太认识。

“这幅壁画确实是示威游行，里面好像既有反对战争的示威，也有争取黑人人权运动的信息，就在伯克利大学附近。我爸爸很喜欢这幅画，对他来说是很重要的记忆。记得这就是爱，不论是对于个人还是历史。啊！这里有爸爸给照片标注的题目。”

就这样，恩裕发音流畅地读出了照片旁边的题目：

“A people's history of Telegraph avenue.”

虽然已经不是第一次听恩裕读英语了，但是我们三个人还是竖起大拇指：

“哦！天哪！”

“太好听啦。”

然后几个人互相看着对方，哈哈大笑起来。

玩乐的时间总是过得很快，我们从恩裕家出来，去了附近的化妆品店。恩裕说她想去化妆品店看看，正好时厚也想去买双亲节礼物。时厚给爸爸妈妈买了乳液，恩裕也为爸爸挑选了护肤乳套装。我给恩裕挑选了唇釉和眼影。说实话，帮恩裕挑选合适的唇釉可不是件容易的事情。因为恩裕不论涂什么，看起来都像是浮在她的嘴上一样。

我买了护手霜，正好店里在搞“买一送一”的活动，所以把另一支给了海江。

“哇！是草莓味的。我要是涂这个的话，大家会以为我吃了草莓吧。”

海江“嘿嘿”地笑着说了声谢谢。

从化妆品店出来之后大家就各自分开了，当时正好是下

Chapter 11

像树木一样

午四点十五分。我正在考虑是要回家，还是自己再逛逛的时候，忽然感到身后有一股视线在盯着我。我条件反射地回头看了看。雪娥和米素正站在手机卖场前，看来她们是看完电影准备回家。

我们三个人短暂地视线交汇，更确切地说，是米素在盯着我看，可能在我和恩裕、时厚、海江他们从化妆品店出来的时候，她就看到我了。米素和雪娥说了些什么，然后走过了人行横道。

我暗暗吐了口气，转过身准备离开，此时雪娥却向我迎面走来。

“多贤，你为什么没来电影院？”雪娥问道。这语气像是在逼问我。

“你们连我的票都没买，干吗还要说这些违心的话？”

我也冰冷地回击了她一下，雪娥似乎没想到我会这么直接，露出了惊讶的表情。

“原来是这样，你是不是因为想要站卢恩裕那一队才背叛我们的？”雪娥开始变得咄咄逼人。

我突然感觉自己的血液都倒流了，到底是谁背叛了谁呢？！

“我们到那边去谈吧。”我说道。我们走到了保健所的后面，这边没有人，也听不到路过汽车的声音。

“说实话，真的是我背叛了你们吗？我正想要问你们呢，到底为什么突然孤立我？雪娥你又为什么把我喜欢郑玹雨的事情告诉其他人？为什么突然把黄孝贞拉了进来？”

我的话就这样嗒嗒嗒嗒地射了出去，仿佛脑袋里的保险丝被拿掉了一样。

“不是你先站在卢恩裕一边的嘛。我看你可怜把你从孤立中解救出来，而你却不知道感恩还背叛了我们。”雪娥也激动地喊了起来。

“是吗？原来是这样啊。你觉得自己拯救了我是吗？还问我为什么没来电影院？是需要帮你们拿可乐的跟班了吗？少了一个好欺负的软柿子，你觉得很可惜，是吗？”

“哇！真是的，你现在终于露出本来面目了。就是因为你一直被孤立，才会一会儿黏着这个，一会儿又黏着那个。你觉得卢恩裕会陪你玩到什么时候？要不了多久你就又会被人讨厌抛弃掉的，你这一辈子都会这样度过的！”

雪娥这么气急败坏的模样我从未见过。虽然我也很生气，但她看起来和平时太不一样了。她的话就像是给我沸腾的心泼了一盆冷水，突然就让我清醒过来。

“原来你直到现在都还是这样看我的啊。我知道了，到此为止吧。我不想再和瞧不起我的人说话了。顺便说一句，我没有站在卢恩裕这一队，我不想站在任何人的那一队。我不会进任何人的团体，我要像流浪猫一样独立地活着。”

“好啊，你倒是试试看。我会好好看着你的！”

雪娥留下这句话后转身走了。

我停在原地愣了半天，整个人都要瘫软下来，感觉之前积累的很多话，还没开始说出口就这样结束了。

回到家后，我退出了五指团的聊天群。

妈妈晚上九点多就回来了。我吃着妈妈买回来的煎饺，听她讲着扶余的见闻。

落花岩、游船、在休息站里吃的土豆、因为道路堵塞被困在高速公路上，妈妈充满活力地在客厅里讲述着这一天，申东烨文学馆实在是太好玩了，以后还想再带我去。

我十点钟左右回到了房间。今天是疲惫的一天，我关了灯躺在床上努力想要睡着。但是眼泪却不知不觉地流了出来，即便用纸巾擦干后也还是不断地流出来。

雪娥的话不断地在我的脑海中重复着。最让我心痛的就是这句话：把被人孤立的我带进了她们的圈子，结果我却背叛了她们。

听到她说背叛这句话，我脑海中一片空白。一直到黄孝贞成为新的五指团成员为止，她们究竟还在背后说过我什么呢。

“我就知道会这样，她本来不就是像便利贴一样随便的人嘛。一会儿黏在这里，一会儿又贴在那里的。”

“屁股总是扭来扭去的，哗啦哗啦。”

“不过，你不觉得多贤的屁股，像鸭子屁股一样吗？”

“长成那副样子居然还觊觎广播班的暖男。”

她们这个时候应该在集体嘲笑我吧，我实在是太了解她们诋毁别人的方式了。

我终于彻底地失去了这些朋友。

Chapter 12

樱桃虾米

我第一次见到樱桃虾米是在外婆家，在那满是水草的鱼缸里，它飞舞一般游泳的样子十分好看。它是生活在清澈水域中的淡水虾，长大之后会定期脱壳。它脱下空壳在水中跳跃的样子非常神秘。

今天上学我换了一条路，为了避开时厚那个话多的小子，我特意多花了两倍的时间从后门走的。

中午天气还是很热的，白色的花瓣洒落在五月的阳光中，飘向了远方。

一个人在家的时候还挺舒服的。在玩手机游戏、看电视、听歌、看书的时候，脑子里的杂念也会少一些。

但是只要一到学校还是会感到不太舒服。雅岚看我的眼神不知道是怒视还是蔑视，不过她眼神里透露出的信息却非常明确——“你现在完蛋了！”

炳熙也不理睬我，仿佛我根本不存在一样。偶尔在走廊上碰见我，她也会装作不认识一样直接走过去。虽然下定决心要和五指团的朋友决裂，但是我的心里总是很难受，整个人浑浑噩噩，既听不见老师的话，也听不见班上同学的话。整个地球似乎都在向着攻击我的方向自转着。

我现在每到早晨肚子就很疼，头也跟着疼了起来。坐在教室里时心里也感觉憋得慌。我好像一个被扔进沙漠却没有指南针的人，不对，相比起来还是他要更厉害一些。我总感觉不只是五指团的人，就连其他同学也在不时地说着我的坏话。

我迫切地希望能有一股巨大的暴风，干净利落地将我们学校吹走，或者地震也可以。那样的话，直到新学校建好为止，我们都会一直停课的吧。要是真的可以一年不用去学校该有多好啊。到那时候，如果我们再在学校里相遇的话，日子应该会好过很多吧？

幸好还有社区报纸小组的朋友经常向我搭话。

恩裕说道："报道要是写短文就好了。长篇的文章写起来实在是太累了，我的文章里要用到很多的逗号。感觉脑子里的想法全都在沸腾着，大概是因为我还没有完全整理好吧。"

原来像恩裕这样的好孩子写文章的时候也会遇到这种苦

樱桃虾米

5月10日

再见紫罗兰！

我在识别花名的软件里知道了你的名字，我喜欢你的紫色。我在小巷墙壁上的玫瑰藤下，看到了如鬼怪一般高傲盛开着的你。我总觉得自己会喜欢上你，你也会喜欢我吧？

樱桃虾米也喜欢，看来你也会被较小而柔弱的存在吸引。

你也叫一叫我的名字吧。你知道吗？我们班的同学和老师们好像都不知道我是谁。至少应该知道我的名字吧。但是他们对我并不感兴趣。待在学校里一天像是一百万年一样。我不是说嘛，我就像是一粒灰尘一样，在教室里飘来飘去。

所以说紫罗兰，请你叫一叫我的名字。如果明天上学的路上见到我，就请和我打个招呼吧。

金多贤！今天也是美好的一天！就这样。

5月11日

连续听了好几首莫扎特的曲子。

《农夫的婚礼》《滑雪》《玩具交响曲》，

因为经常听《滑雪》，

所以我已开始期待圣诞节了。

Chapter 12
樱桃虾米

5月13日

对老师的采访也顺利结束，

社区报纸《请拥抱我》报道完成。

初稿，拼写方式搜索器必不可少。

加油！！加油！！

5月14日

我有个朋友说，我们都是像树一样独自一人。好朋友只要成为彼此的阳光、变为彼此的风就可以了。互相帮助对方成长为独立的树木。这就是朋友。

我的脑海中总是回想起这句话。

└回帖:自己给自己的文章回帖。呵呵。 朋友应该是同等的关系，但我却经常被人无视。现在想起来好像都是我自找的。我总是因为怕失去朋友而变得小心翼翼。习惯性地送礼物，看眼色，不敢拒绝。像这样轻视自己就很难让别人也尊重我。昂首挺胸地生活吧!

5月15日

超级简单的蒜蓉面包食谱。

在融化的黄油中加入蒜泥和低聚糖。

将它们抹在面包上，用平底锅烤一下。

唰唰地撒上香芹粉。完成！！！

我将制作好的蒜蓉面包拍照发在聊天群里。瞬间，反响热烈。

今天是学校的裁量休息日⑤。现在只有我一个人在家，但是我正在和小组的同学们实时沟通着。

如此看来，世界上并没有完美的个体。不要因为是独自一人就陷入自怜之中，也不要退缩！勇敢起来！

5月16日

我们之所以不敢告白，是因为对“拒绝”产生了恐惧。在这个时候你需要的就是“不行就算了”的精神。如果表白过后，被甩了就这么说：“是吗？不行就算了！”

5月18日

我今天终于看了电影 *My Name is Nobody*。这是在我们社区拍摄的独立电影。我觉得很感动！评分5颗星！没有存在感的主人公平静的日常生活非常帅气，我也想要这样。

我的一句话影评。

⑤ 校长衡量后决定哪天给孩子们进行休息。

没有存在感又怎么样？Nobody又怎么样？这就是我。那又如何！

在博客写完文章后，这部电影带给我的感动持续到了第二天。走在社区的小巷里时，主人公的样子也总是浮现在我的眼前。我想向更多的人介绍这部电影，这也是社区报纸中恩裕会刊登的评论，一直到晚上我也仍然会想起来。

5月19日

我既是“nobody”，也有可能是“somebody”。我为什么要活得那么不受尊重呢？我讨厌这样。

即便是孤独也不能放弃。没关系。灵魂的空位可以由我自己填满。然后慢慢地就会有更好的朋友出现。不行就算了！

5月19日 第二篇文章

在朋友们离开的空荡荡的地方，不知不觉间被我写的文章堆满了。

通过写文章我逐渐找到了自信，我不想再那样畏畏缩缩地生活了。

樱桃虾米

对于这件事情我并没有思考太久，因为我不再是昨天的我了。我决定把樱桃虾米博客的设置转换为公开。

在公开展示之前，我还需要整理几篇文章。首先就是对那篇让我将博客名称设定为“樱桃虾米”的故事进行了简短的修改。

我第一次见到樱桃虾米是在外婆家，在那满是水草的鱼缸里，它飞舞一般游泳的样子十分好看。

它是生活在清澈水域中的淡水虾，长大之后会定期脱壳。它脱下空壳在水中跳跃的样子非常神秘。

我在最后写下了一段“很想像樱桃虾米一样，自由地摆脱束缚着自己的外壳”的文字，写完之后又删除了。之后，我在那个至今为止一直空置的简介栏中写下了另外一段话。

现在我需要的是“不行就算了”的精神！还有“那又如何”的精神！

我将博客的背景音乐改成了 Nanaimo 乐队的《就那样笑》。这首歌可以在 Nanaimo 乐队的官方博客上免费下载。

自从成为他们的歌迷之后，我也了解到了 Nanaimo 的意思。据说，“Nanaimo”是北美原住民所说的“聚集在此”的意思。

5月20号

决定公开博客的凌晨。

想起了很久以前电视上一位影评人说过的话。据说，有一位不知是抵抗运动还是独立运动的女性革命家，拒绝了他人的求婚，并做出了这样的回答：

“我也爱你，但是我不属于任何地方，我只属于历史而已。”

这简直太帅了。我现在也不想加入到任何地方。

不管怎样我也想像树一样屹立起来，风一吹就会晃动。

但是没关系。这样叶子会变得更绿，根也会扎得更深。

我的心里“扑通扑通”直跳，如果我被骂到荒废了博客该怎么办？别人进来一看，哎哟，真是个认真虫啊，如果这样的话该怎么办？直到昨天，我才终于安抚好自己那颗想跳出来的心。

“对啊，我就是认真虫。那又如何！”

Chapter 13

在陌生的街道上

朋友之间就是那样的，即使生活中离得很远，也会在意想不到的地方相遇。所有的人际关系都是这样。

樱桃虾米

实在是睡不着觉，听到闹钟醒来之后，我的博客留言簿上多了恩裕和时厚的回复。

——我都不知道你还写博客呢？太帅了吧。为什么到现在才公开这么好的东西？*My name is nobody*的评论写得很好！嗯，除了那个，最新的几篇文章也让我很感动。竖起大拇指！我也有同感！以后会经常来玩的。

什么啊？她到底给我写了多少啊？看得我鼻头发酸，眼泪都快流出来了。

Chapter 13
在陌生的街道上

时厚的回复是这样的：

——哦哦！看到你在聊天群里上传了介绍，我就过来看看。参观完毕。不要忘了星期五中午要开编辑会议。

我将博客转换为公开后，就立即在群聊里说了出来，但没想到大家会这么快就回应我。

今天的早餐是泡菜汤和煎鸡蛋。

“把泡菜汤喝掉，不要觉得早上喝了会有味道就不吃了。”妈妈嘱咐道。

“我这样说过吗？哎呀，我是在夸赞味道好。”我赶紧大力赞美起来。

“我本来是想煮其他汤的，但是冰箱里没有食材了。我把剩下的乌冬面汤也加进去了，好在你吃得很香。”

“没，没关系！超级好吃。”

听了我的话，妈妈“咯咯”地笑了。这样看来，我早上好像总是在挑剔。因为怕头发有异味，所以不吃汤类，只要长筒袜露出来就会各种发神经。

“妈妈！你一生的挚友是在什么时候遇到的？慈庆阿姨，

那位阿姨是你的中学同学吗，还是高中同学？”

妈妈被我问得瞪圆了眼睛。

“一生挚友？我已经好久没听过这个词了。”她停了一下手上的活儿，似乎在慢慢回忆着，“慈庆是我的高中同学。现在的孩子还会用一生挚友这个词吗？这不是那种只会出现在武侠小说里的词吗？纯情漫画里也有很多温暖的一生挚友的剧目啦，不过我是不怎么相信永远的朋友这种话的。”

“为什么？妈妈和阿姨就是一辈子的朋友啊。”

“高中毕业之后就很少见面了，几年前在同学会上见过一次。慈庆对朋友们都非常好，所以我们单独见过几次面。不过后来才知道她是来推销保险的。”妈妈笑了一下。

“那你为什么和慈庆阿姨那么亲近呢？”

“你爸爸去世了，慈庆也离婚了。我们因为处境相似，所以偶尔会通个电话聊聊天、吃个饭，聊一聊生活和养育孩子的事情。朋友之间就是那样的，即使生活中离得很远，也会在意想不到的地方相遇。所有的人际关系都是这样。”

人际关系都是这样？这句话听起来有一点苦涩。

到了学校以后，我忽然感觉到了与以往不同的氛围。

Chapter 13
在陌生的街道上

“你怎么现在才来？多贤！你博客里的文章我都看了。”海江一见我就说道。

“真的吗？所有的？”我放下包回答道。

海江的话让班上的同学们将目光都投向了我。雅岚和炳熙也用好奇的眼神看着我。

“没有，没有全部读完，写得挺好的！特别是‘不行就算了！’那句话，简直太棒了！和我的想法简直一模一样。”

海江说得唾沫乱飞。因为受到了赞赏，我不由自主地得意了起来，想着要不要回答他说“哎呀，这也没什么大不了的”。平时和海江一起踢足球的男生也一边“博客？什么啊，什么啊？”地说着，一边露出好奇的神情。偷偷看我的雅岚和炳熙立马转移了视线。她们两个听见海江说的话了吗？五指团的她们会去找我的博客吗？她们会不会读我写的文章？我也不知道。不管她们会不会找我的博客，现在这些事情都与我无关了。

释迦诞辰日的下午，我和妈妈乘公交车去了其他社区的传统市场。我们在花瓣凋零的绿色樱花树和电线杆之间的车站下了车。在那些像网一样连接的电线下面，挂满了密密麻麻的中文招牌。

“又不买菜来这里干什么？”我问道。

“我们也在外面吃顿饭吧。”妈妈说道。

这是一次时隔许久的家庭出游行动，天空非常晴朗空气很好。我第一次去那个神奇的地方。有卖月饼、臭豆腐、烤鱿鱼串的小摊，那些售卖不知名蔬菜的店铺比比皆是。

市场内散发着独特的香料味道。我像是来国外旅行一样，有一些激动。我们走进一条有中国饺子、羊肉串、麻辣烫餐厅的街道。来到这条陌生的街道，我心中的苦恼和担心全都消失不见了。

“妈妈！希望这个世界上只生活着喜欢我的人，虽然知道那不可能。”我一边喝着桌子上的水一边说着，我们点了担担面和羊肉炒饭。

“没错啊。”妈妈也一边喝水一边不紧不慢地回答道。

“我曾经想过，讨厌我的孩子们不管我做什么都会讨厌我，即使我再努力，他们的心也不会回过头来找我，所以我就下定了决心。”

“什么决心？”

在这期间点的菜上来了，妈妈开始吃起了担担面。

Chapter 13
在陌生的街道上

“我会只关心喜欢我的朋友，如果一个喜欢我的朋友都没有的话，我就会先喜欢她们。”

妈妈在听到我宣言后，心情变得轻松起来。

“我们多贤真聪明！没错，如果有人不喜欢我的话，先想想自己有没有可以改掉的缺点，如果没有的话，就说明他只是单纯不喜欢我这个人，这样一来就不用太在意了。”

“但是这些事情说起来简单，做起来很难。如果有人特别讨厌我的话，我是没法不去在意的。”

我的话让妈妈停住了筷子。

“是啊，这确实是个难题。但如果只关注自己的人生，那么其他人不管怎样，你都不会在意了。骂我的人也不是从我的肚子里钻出来的，所以让他们尽情地讨厌去吧。能怎么办呢！”

妈妈的话把我逗笑了，能怎么办呢！因为这一句话。

“没有必要在别人身上过多浪费自己的精力。不管别人说什么，都把精力集中在自己的身上。”

妈妈有时候说话声音很重，说得非常清晰，她说这句话的时候就是这样。我很喜欢“集中”这个词，恩裕也说过类似的话。

和妈妈聊天真好，但是说到最后她又开始敲打起我来。

“不过，你真的不用去补习班了？哪怕只补补英语或者数学。”

妈妈在看到我期中考试的成绩后，开始生出了一丝欲望。与一年级时相比，我的成绩略有上升，但也真的只有一点点。不过妈妈一直认为我是个了不起的孩子，只要再努力一点，我的成绩就会名列前茅。

“啊，真是的，永远不会终结的补习班话题！”

我的话让妈妈哈哈大笑起来。从餐厅出来后又去买了中式麻花，还吃了冰激凌，到处逛了逛。

坐公交车回到我们小区，夕阳已经挂在了楼顶上。但是不知怎么的，公寓小区却还是人声鼎沸。

是夜市，这里偶尔也会开公寓夜市。在五颜六色的帐篷下，卖炸鸡块、章鱼串、饺子、旋风土豆等小吃的摊位前排起了长队。人们像是在过庆典一样游走在各个摊位之间。妈妈和我在棉花糖机前停住了脚步。

“看起来好好吃。”

我说完妈妈就给我买了一块棉花糖。我们在路上走走停停，夜市里什么都有，虽然有些简陋，但是有“超级海盗船”，也有抓娃娃的机器。

夜市尽头是搭建好帐篷、摆放了多个简易桌子的露天大排档。这里在售卖烤猪肉、橡子凉粉、葱饼等，顾客们络绎不绝，还咚次咚次地播放着音乐。

就在这时，妈妈说道：“那不是雅岚吗？”

我沿着她的视线看过去，在装满酒瓶和饮料的冰柜旁边的桌子前看到了雅岚的身影。她的旁边坐着大人，但不是她的爷爷奶奶。

“雅岚的父母好像来了，我们去打个招呼吧？”

我第一次见到雅岚的父母，她长得和她妈妈很像。

“不要，我们最近不太熟。”

我一边说着一边拽着妈妈的胳膊，像被人追赶着一样匆匆地走了过去。

“怎么了？和雅岚之间发生什么事了？”

我们很快走到了住宅区，看见了被路灯照亮的兔子磨坊。

“怎么了？”

“是吵架了吗？哎呀，这种时候互相让一步嘛。”

“不要，不能再让步了。我是必须要对雅岚好吗？”我气鼓鼓地说道。

“不是那样的，我是听说雅岚很孤独……”

“你说雅岚孤独？哈！妈妈你真是一点都不了解雅岚。”

“虽然妈妈不太了解雅岚，但一家人分开来生活，总是不那么顺利嘛。”

“我！我永远不能再和爸爸见面了，你觉得我不孤单吗？”

我气得说出了这样的话，我的话把妈妈吓坏了。说完之后，我也觉得这句话可能伤害到了妈妈，又感觉到很愧疚。

“不过，雅岚为什么不和父母一起生活？”我低声问道。

无缘无故对妈妈发火让我感到很抱歉，同时也感到很好奇。

“你不是说你们是朋友嘛，你到现在都不知道吗？”

妈妈停下脚步看着我。从她的声音可以听出她是真的感到很惊讶。

“嗯，不知道。雅岚她不告诉我，我怎么会知道？是因为工作关系吗？”

“不是那样的，是因为雅岚的哥哥才分开来生活的。”

妈妈说到这里，叹了一口气。我只是偶然听雅岚说过她有个哥哥，但是对于这个哥哥相差几岁、在哪里上学等一些具体信息，我就无从得知了。

“哎呀，真是不知道该不该和你说这些事情。雅岚的哥哥生病了。雅岚的父母带着哥哥住在外地。听说那孩子长期住在医院里，但情况好像不是太好。雅岚上小学的时候，她哥哥打她打得非常厉害。一开始是劝他，还教训过他，后来才知道是因为生病了。据说是无法调节冲动的那种病，吃了药之后状态就会好转，但过不了多久就又会复发。他们觉得住在一起会伤害到雅岚，所以就去了外地。我本来还想让你带雅岚回家来吃饭的，可是因为店里太忙了一直都没顾上。不过雅岚的奶奶非常照顾这个孙女，所以应该也没关系吧。”

妈妈说得有些含糊，然后就不再说了。回家的路上，妈妈和我之间只有沙沙作响的塑料袋和嗒嗒的脚步声。

雅岚的家人原来是这样的情况吗？我竟然一点都不知道。不管怎么说，离开父母的生活，也还是很难过吧。

Chapter 14

剥掉樱桃虾米的外壳

笑起来吧，就像歌词写的一样，虽然摔倒后会疼，会伤痕累累，会流出鲜血。但皮肉迟早会长出来。那新鲜坚硬的皮肤，就是我的外壳。

樱桃虾米

午休时间，我去了一下洗手间，隐约中听到了《就那样笑》的旋律。

走着走着，回忆被脚步踢得乱作一团，

漆黑的洞窟让忧郁满级。

我就像路灯一样孤独。

拐角处的冰激凌店，人们脸上粉色的笑容，像路灯一样照亮了前路。

我的眼泪因为你的光而干涸。

摔倒当然会疼。

Chapter 14
剥掉樱桃虾米的外壳

昨天不见了，明天不知道。

活在今天的我们。

就那样笑吧！哈哈哈！

像世界的主人公一样，哈哈哈！

在走廊上我缓缓停住了脚步。这首歌终于火起来了吗？我侧耳听着广播，这感觉就像是遇到了一位多年的老朋友。

“你在这儿干什么呢？”

恩裕轻轻地拍了拍我的背，她应该刚从卫生间出来。

“这首歌怎么样？很不错吧？”我说道。

恩裕表情认真地听着歌。

“嗯？我听过这首歌，是在哪里听过呢？”

恩裕摇了摇头。

“这是 Nanaimo 乐队的歌曲《就那么笑》，这是他们去年单曲专辑中发行的歌，我也是不久前才知道的。挺不错吧？”

不知道是不是听了我的话，恩裕没有回答。不管怎样，我也沉浸在流动的音乐声中。伴随着春雨般的旋律，我的灵魂也在天空中飞翔了起来。正在专心地思考着什么的恩裕过了一会儿忽然喊道：“啊！啊！知道了。嗒嗒嗒嗒，像世界很多嘛，所以我就以为是这样。”

“孝贞确实人气很高，不过我不喜欢她。”

不知不觉间已经走到了红绿灯前，我们两个是使用了什么遁地术吗？这也走得太快了。穿过人行横道之后，他会往商业街的方向走，而我要和他分开，往住宅区的方向走。

“对了，今天中午的歌怎么样？《就那样笑》。”他问道。

说话间，信号灯变成了绿色。

“原来是你放的啊？特别好，我非常喜欢那首歌！”我兴奋地说道。

我们缓缓地通过了人行横道。

“那是我在看樱桃虾米博客的时候选的曲子。”

“你说什么？你什么时候来我的博客了？我都不知道。”

我非常吃惊，停下脚步来看着他。

“我看了时厚的 SNS 就去了。樱桃虾米挺不错啊。”

他边走边说：“你的博客音乐目录都很好听，我可以用来参考吗？”

“当然了！”我大声地回答道。

和郑玹雨分开之后，我就像是在地上飘浮起 10 厘米一样，都不知道自己是怎么走回家的。

回到家我打扫了卫生。心情好得像是正在太空里飞来飞去，一刻也停不下来。我用鲲鱼煮了泡菜汤，虽然不像妈妈做的那么好吃，但是味道还是可以的。妈妈如果知道家里有一锅汤在等着她，肯定高兴坏了。

郑玹雨来访问了我的博客，还在学校广播中播放了我博客里的歌曲。不仅如此，他也不喜欢黄孝贞。那不如我去向他表白吧？他应该会说好吧。我想象着自己和他交往的情形，就控制不住的开心。

那我们会交往吗？嘻嘻，不行就算了！

做完家务后，我迫不及待打开了博客。

笑起来吧，就像歌词写的一样，虽然摔倒后会疼，会伤痕累累，会流出鲜血。但皮肉迟早会长出来。那新鲜坚硬的皮肤，就是我的外壳。

点击！发帖的瞬间我忽然想起了雅岚。我现在才想明白雅岚讨厌恩裕的理由。或许换作是我也会这样的吧，如果是被想要亲近的朋友拒绝的话。但这也并不意味着雅岚和五指康复治疗，所以我们临时约定，放学的路上买点吃的去看末九。

“哇！不过恩裕还有多贤都很会写文章，海江还会写诗。说不定你们将来会成什么呢？我指的是将来的愿望。”时厚问道。

午休时间所剩无几，第五节课是体育课。除了我，另外三个都提前换上了运动服。

“将来的愿望是什么？时厚！你说我做什么好呢？我想当足球运动员，也想成为宠物狗幼儿园教师，还想成为诗人。我妈妈说我长得帅，想让我做演员。电影演员！同学们！你们希望我以后成为什么样的人？”海江环视着我们问道。

其他的我不清楚，但是他这样大言不惭地说自己长得帅这件事，快要把我笑喷了。

“在我看来，海江虽然足球踢得很好，但还没有到能够成为职业球员的水准。做演员应该需要更多的才华，海江你还是做你自己想做的事情吧。除了足球选手，你做其他选手应该都能做得很好。”时厚爽快地回道。

海江咧着嘴笑了。可我们之中却没有任何一个人嘲笑他说“海江就你也算长得帅”。

Chapter 14
剥掉樱桃虾米的外壳

那天中午的音乐节目中播放了舒曼的《特洛伊梅莱》。呃？我的内心响起了礼炮，这是我博客里的歌曲，难道又是郑玹雨？

“你呢？”

时厚这时回头看了看我。我已经做好了被大家嘲笑的准备，“记者！我想要成为一名记者，虽然还得好好学习才行。”

“嗯？我也是！与其说一定要成为记者，不如说是想从事与写作相关的工作。作家也好，记者也好，评论家也好。我很喜欢文字方面的工作，感觉它最能表现出人们的内心世界。”恩裕看着我说道。

虽然我只是说了自己内心的想法而已，但我感觉她是在为我加油。

“哦哦！这真是太好了。”

这时，时厚突然兴奋地大叫起来。

“我说过的吧？我想要成为记者。每当听到记者揭露真相的故事，我的心就怦怦直跳。喂！咱们三个都去做记者，以后在同一家媒体公司见面吧。”

“那我呢！”海江望着时厚问道。

“海江你想要做什么就做什么吧。如果成为有名的演员或诗人的话，我希望能够经常看到你的作品。如果你要当宠物狗幼儿园教师的话，我们就把宠物狗托付给你。对了！咱们俩以后也一定要住在同一个小区。我们一起成立一个像是晨练足球会一样的球队。”

听到时厚的话，海江满意地笑了。

我用手机确认了一下时间后猛地站了起来。

“该换运动服了，我先走了。”

“好吧，那就先到这里吧。对了，星期六在我家见。海江你来我那里写报道吧。”恩裕说道。

“知道了，我一定会过去写的。”海江爽快地回答道。

我走进教室时，广播里的歌曲发生了变化，这时播放的是埃尔加的《威风凛凛进行曲》。

我拿着装运动服的包走向洗手间换衣服。

“那怎么办！保健室你也不愿意去，又不想问别人借的话，要不然你早退算了？”

我在洗手间内换衣服的时候听到了熟悉的声音，是炳熙。

“啊！不知道，我不知道。”

“那你体育课干脆请假吧？我去帮你跟体育老师讲怎么样？”

“不要。”

“那你想要怎么办？”

“真是要疯了。如果用卫生纸卷起来垫着是不是不太行？”

“要是做运动的时候掉出来的话，那我的脸就丢尽了。”

我换完衣服出来的时候，看见雅岚和炳熙依旧站在镜子前面。我没有理睬她们径直走出了卫生间。午休时间只剩下不到 5 分钟了，教室的窗边只有两个女孩。

我打开包包，拿出防晒霜又补涂了一层，然后又拿出一个小的化妆包，装作不经意地回到座位上，然后将装着卫生巾的袋子放在了雅岚的桌子上，便匆匆忙忙地跑到了走廊上。要是窗边的女生们看到了该怎么办？如果雅岚她没有察觉到化妆包里装的是卫生巾该怎么办？即使知道了，如果她埋怨说，有人故意把这种东西放在她的桌子上，让其他人看的话该怎么办？因为这样那样的想法，我的脑子里就像一团糨糊。

切！埋怨就埋怨吧。那又如何！如果她不需要的话，就扔进垃圾桶里好了。她要不要请假，也都与我无关。

我换上运动鞋跑到操场上。清风扑面而来，让人分不清是晚春还是初夏。不管怎么说，都是上体育课的好天气啦。

（全文完）

作者寄语

那些在网络社区中发表的诉说内心苦闷的文章中，有几篇我写的回复被几次推选为“最佳”评论，所以这部小说也是以回帖的心情开始撰写的。

写小说的时候我通常会画出“心灵地图”，我们彼此之间的界限在哪里，绿灯和红灯的位置在哪里，大家内心深处的“山谷休息处”又在哪里。虽然明白我不可能知道所有的事情，但我也希望自己的小说能为阅读它的读者们起到一定的指引作用。就像是我通过众多的文学作品隐约地感受到了关于生与死之间的一些指导一样。我也希望自己的小说会在某个人的心里立起一块小小的指示牌。

我也曾经经历过寸步难行的黑暗时期，那时候为了活下去我开始尝试读书。我几乎读完了道峰图书馆文学书架上所有的书。当我开始阅读小说的时候，我也似乎看清了前方的路。在小说中我学到了忍受各种疼痛的方法，那些迷失在其中，丢失了自己的欲望根源的所在，以及面对生与死的智慧。

我是在妈妈去世之后才开始正式写小说的。直到妈妈去世我才知道自己究竟有多么不孝，我很想对她说我错了，但已经没法再办到了。所以从那时起，我每天都在写东西。我写了一些包含对母亲歉意和思念的文章，有时还会写一些作品的评论，后来又开始写小说。再后来我写的东西获了奖，这就像是妈妈给我的回信。

一路走来有很多值得感谢的人。

感谢认可并鼓励我写作的家人们，能够接受我古怪性格的朋友们，以及听到我获奖的消息后，发来帅气的照片和长篇文章的林哲宇老师。

感谢青少年文学奖的评委，以及认真研读并给予《樱桃虾米》支持与鼓励的编辑们，对于大家给予我的一切我感到万分惶恐。我会坚持用更好的作品来回报各位。真的非常感谢大家。

现在《樱桃虾米》里的孩子们离开大家了。虽然无法保证前路一片坦途，但也希望你在被讨厌的时候，仍然能够堂堂正正地活下去。金多贤，再见！

黄英美